GENTOSHA OUTLAW BUNKO

蜜味の指

うかみ綾乃

幻冬舎アウトロー文庫

蜜味の指

プロローグ

　その女を観たのは偶然だった。たまたま日付けが変わる前に帰宅したその夜、風呂が沸くのを待ちがてら点《つ》けたテレビに、その女が映っていた。

　デコルテの露わなモスピンク色のミニワンピース。こぼれそうな豊かな胸。耳にかけた栗色の髪が、肩で艶《あで》やかに曲線を描き、そのひと筋が、盛りあがったマシュマロバストに落ちている。

「やはり官能小説というと、実体験をお書きになっているんですか」

　男性芸人の司会者。この男が女にインタビューする体《てい》のバラエティ番組のようだ。

「ふふ」

　女がはにかむように口に手を当てて笑う。豊満な胸とは対照的な少女めいた顔だち。笑いながら肩をすくめたことで、バストが二の腕に押し寄せられ谷間を深くした。

「そうですね。たとえば女性が縛られるシーンなど、自分がそうされたときの痛みや戸惑い、肌に喰い込む縄の感触などを描写します」

官能小説なんておっさんが書いているのかと思っていたら、こんなエロい女作家もいるのか。

風呂に入るためにシャツを脱ぎ、続いてカーゴパンツをおろしかけていた楠田《くすだ》は、その途中でパイプベッドに腰かけた。

カメラが女の全身を映した。高いバーチェアに座っている。きれいな脚だ。ミニワンピースから伸びた太腿はほっそりとして、ヌードベージュのストッキングの光沢に包まれている。膝から下は斜めに揃えられているが、ワンピースの裾に貼りついた太腿の内側に、見えそうで見えないグレーの三角地帯ができている。

「縛られたり、ですか。紫城《しじよう》先生ご自身、そういうのがお好きなんですか。SMにもハマっていらっしゃるとか」

司会者の食いつきはおそらく台本上のもので、女はまた恥ずかしそうな微笑で答える。

「私の作品には、陵辱シーンも多くあります。やはり実感してこそ、臨場感のある濡れ場を描けますから」

カメラが女の足先を写した。クリーム色のピンヒール。続いて指の輪にすっぽりと収まりそうな華奢《きやしや》な足首、しなやかな流線を描くふくらはぎを舐めあげていく。

すると女がおもむろに脚を組んだ。十センチも離れていないだろうカメラの視線と、視聴者の息遣いに応えるように、ほっそりと瑞々《みずみず》しい太腿の内側をのぞかせる。小さな膝小僧が重なる。なよらかなふくらはぎが、肉感的に盛り上がった。

「では、取材のためのセックスもなさるんですか」

「それはご想像におまかせします。ただ書きながら、具体的な感覚が欲しくて、模型を舐めたりはします」

カメラが女の上半身を写す。その途中、膝の上で重ねられている手の中指が小刻みに動いていることに、楠田は気づいた。中指の腹で、下の手の甲を小さくしきりに叩いている。

太腿とバストがメインに撮られている映像で、ほんのわずかに映ったその指の動きに気づいたのは、楠田の職業柄の癖によるものだ。この女自身、無意識にしている動作のように思える。

「模型って、いわゆるエッチなおもちゃですよね。実はここに用意しているんです。あ、これは見てのとおり、バナナですよ。スタッフさん、間違えてモザイクかけないでくださいね」

入り込むスタジオの笑い声。照り光ったバナナが、女の唇にあてがわれた。

くっだらね。楠田も鼻で吹き出した。くだらないがわかりやすいインパクト。

「あら、いい匂い。私、バナナ大好きなんです」

「嚙《か》まないでくださいね。観ている人全員、イタタッて、ここ押さえちゃいますからね。さあ、先生はふだん、なにをどう舐めながらお書きになっているのか。僕ももうちょっと近づいて見ていいですか」

「うふ、いきますよ」

この女もよくやる。

女が顔を傾け、バナナに唇を寄せた。

ふっくらとしたサクランボのような唇のあわいから舌がのぞく。ピンク色の先端が、バナナのヘタの付け根をちろりとくすぐる。

「うわ、ちょっと絵的に大丈夫ですか、放送できるんでしょうか、これ」

彼女は微笑みながら、今度は顎《あご》ごと動かし、ヘタの先端までなぞりあげた。細い首筋が仰《の》け反《ぞ》り、顎の奥を見せる。少女めいた頰《ほお》のあどけない輪郭が、かすかに角度を変えたことで、大人びた妖しい稜線を描く。

「ふふ、こんなことで興奮しちゃいます？」

長い睫《まつ》毛《げ》の下、女が上目遣いで司会者を見る。

「ええ、そりゃあもう、男のサガですから。いや僕ちょっと、ヤバいです」

スタジオの笑い声。

女がまた肩をすくめ、豊満な胸を寄せあげる。

「いいですね。私も興奮しちゃいます」

もう一度、こいつの手を写せよ——

楠田は画面を見ながら、口の中で呟《つぶや》いた。

自分がビデオを撮っているとすれば、そう指示する。この女はいまも中指か、あるいはべつの指か、映っていない足先かどこかをしきりに動かしているに違いない。

はちきれそうなマシュマロバストよりも、ほっそりとしなやかな太腿よりも、扇情的にバナナを舐める顔つきよりも、こいつのいちばんエロいところはそこだ。

第一章

1

「あぁぁ、もう……」

パーカーの袖を握りしめた両手で、テンコはテーブルを叩いた。

弾みで小皿の上の箸が高い音をたてて転がったが、酔っ払いの嬌声がさんざめく店内で、こちらを気にする者はいない。

「死にたい……この記憶を抱えて生きてはいけない」

「またそんなことを言う」

向かいの席で、柚寿《ゆず》がノースリーブのシャツからむき出しにした腕を伸ばし、テンコの箸を小皿に戻す。

「あのね、毎回そこまで落ち込むのなら、もう取材も出演もぜんぶ断っちゃえばいいのよ」

「いつもそう思う。次は絶対に断ろうって」

テンコは今度は、首元でパーカーのファスナーのつまみを弄《いじ》りつつ、口を尖らせる。

「でも、出たらその分、宣伝になるって出版社の人が喜んでくれるし……たまにはまともに官能の話を聞いてくれるところもあるし……」

「頑張ろうって思っちゃうよね。特にテンコは」

「でも、やっぱりこの前のも、訊《き》かれるのは『実体験なんですか』『書きながらオナニーしますか』『初体験は』『いままででいちばん気持ち良かったセックスは』って、そんなのばっかりで……」

話すうちに、どんどん情けない声になる。

「なんとか考えて答えるうちに具体的に突っ込まれて、頭がぐるぐるして、悲しくなって、自己嫌悪に陥って……」

「年間何十パターンも濡れ場を書いてるのに、いちいち体験してたらとっくに人生破綻してるよってね」

柚寿のほうはおかしそうに笑い、鶏軟骨の唐揚げにレモンを絞る。そしてそのレモンをちろっと舐める。

「でもさ、テンコ、きっちり《紫城麗美《れみ》》になってたよ」

「もう、言わないで……」

テンコは両手で顔を覆い、サンダルで床を踏み鳴らした。

ふたりともデビュー五年目の官能小説家。テンコは紫城麗美、柚寿は樹《いつき》ユズのペンネームで活動している。同じ年にスタートを切った者同士、また、それぞれ三十歳、三十三歳と年齢の近い女同士ということもあり、デビュー当時から関係が近しく、他人にはなかなか明かせない本音や愚痴を言い合える唯一の間柄だった。

いや、愚痴はテンコのほうが圧倒的に多く漏らしている。今日も、テンコが出演した先週のバラエティ番組を観た柚寿が、テンコが落ち込んでいるのを察し、ふたりの行きつけの中でも人目を気にせずクダを巻けそうなこの大衆居酒屋に誘ってくれたのだ。

助かった。先週の放送の自分は本当にひどかった。一応責任としてチェックのつもりで観はじめたが、数秒で脂汗がだらだらと全身をしたたり、動悸がし、バナナのくだり以降は観ていられずテレビを消した。消した後もしばらく動悸がおさまらなかった。

「まあ、あの人たち、求めているのがエロを語る人なのか、エロ要員なのか、最初にはっきり言わないもんね。向こうにとってはわかりきっていることだから。後者の場合、こっちにしてみれば作家枠のギャラでエロ要員なんて割に合わないんだけど」

柚寿がレモンの絞り滓《かす》をハイボールに入れ、指先で氷を掻《か》き混ぜる。

「でも、エロってそういうものじゃない。誰も殺人シーンに対して『実体験ですか』とは訊かないけど、エロは毎晩、酒池肉林しているような人間が書いているのよ。そういうことになっているのよ」

エロは人の隠された部分に触れるものだから、人も陰部で反応する。それはわかっている。

「でも……背負いきれないときもあるよ」

先月は、作品についての雑誌取材だというのでスタジオに行けば、キャミソールのような衣装を用意されており、縁側に寝そべって胸の谷間を強調したカットを撮られた。先々月は、歴代の官能小説の名作について語ってほしいというので、あらかじめ勉強してから行くと、どの作品のどの描写でオナニーしたのかばかりを問われた。

「このところ、そういう取材や出演が続いてるから、公式メールがひどいことになってるの。ふだんの『やらせろ』とか『奴隷にしてください』とかだけじゃなく、『昨夜は紫城様の動画を観ながらペニスに紐を巻き、三時間、射精を堪えました』っていう様子を延々と書き綴《つづ》ってくるのとか、勃起した性器でお盆を持ちあげている写真を送ってくるのとか」

「それ、吸盤型の亀頭ってやつだ。いるらしいね、そういう人」

「毎日、パソコンを立ち上げるたびにそんな地獄絵図を見せられて、仕事前に気持ちが沈んで、体調まで悪くなってて」

「その吸盤の写真、スマホにないの？」

「もう、発火して消えろって感じで……」

「すごいのだと勃《た》ってないのに、お皿をぶら下げられる人もいるんだって」

「吸盤はどうでもいいのよっ。なんで柚寿はそんなふうに笑えるの」

「だって私はとっくに慣れてるもの」

柚寿がアスリートのような形の良い肩をすくめ、ハイボールのグラスを軽やかに鳴らした。

まだ三十三歳でも、柚寿のエロ文執筆人生は長い。高校を卒業後、フリーターをしながら物書きを目指し、二十一歳のときには週刊誌やスポーツ新聞のアダルト記事、ネットの性関連のサイトでコラムを書きはじめていた。同時に性をテーマにしたトークイベントなどにも頻繁に出演し、収入の不安定なフリーライター時代には水商売で生活を支えるなど、人と話す才にも長《た》けている。

明るくテンポの良い話しぶりに似合って、放つオーラにも華がある。長身でバレリーナのように手足の長い優雅な身体つき。若干離れぎみの大きな目は目尻が少し垂れて、意志の強そうな濃い眉とチャーミングなバランスを取っている。ゆるやかにウエーブするロングヘアは光の当たり具合によって赤っぽくも金混じりにも見え、彼女の躍動的な艶やかさを引き立たせている。

「それに私は実際にセックスが好きだし。実体験も書きまくってるからね。そうだ、この前もまた新しいネタができたよ」

柚寿が唐揚げをつまみつつ、身を乗り出す。

「先月、突然の猛暑日があったでしょう。その日に限ってうちのエアコンが壊れちゃって、朝からあいつとふたりで茹だってたの。で、これはもうジャングルで遭難した設定でセックスするしかないよね、って頑張ったわけ。だけどあいつ、五十を超えたおっさんでしょう。汗だくで腰を振るうちに、だんだん目つきが怪しくなって、私が『おーい、寝るな、しっかりしろ』って頰っぺを叩いたら、いきなり私の上に倒れてきて。慌てて救急車を呼んだら熱中症。そのまま三日間の入院」

「熱中したのね」

「おっさんが意地を出したのよ。大変だったけど、なかなかない体験だったよ。テンコも取材で困ったときは、『友達の話なんだけど』って、私のことを好きに喋っていいよ」

「そういう話は、柚寿がするからおもしろいんだよ」

「テンコには元ネタもないもんね」

言われて、テンコはシャリ……とサラダのレタスを齧《かじ》った。

「……うん」

「私はそれがすごいと思ってるのよ。テンコみたいに事故まがいの経験が二回あるきりで官能を書けるなんて。あれかな、童貞ほどエロが書けるって言われてるの、本当なのかな」

「私のは、あれは、勤めていた会社の上司で……」

「わかる。まずい相手にしつこくロックオンされると、こっちも断るストレスでハゲそうになって、もうわかったから、この一回で満足して解放してね、ってなったこと、私も昔、何度かある」

そんな話も、柚寿がすればやらかした女のあっけらかんとした話になるのだが、テンコがすると、生々しく重くなる。セックス経験が二回きりだというのも、柚寿にしか話せていない。

問題はそこだった。

二回の事故セックスそのものについては、過去の過ちとして腹に収めている。デビュー前の二十二歳と二十四歳のときだ。彼らそれぞれの度重なる誘いに根負けしたのもあるが、テンコ自身、その時点ではセックスへの前向きな興味があった。経験さえすれば、自分のなにかが変わるのではないかと思っていた。

結果はどちらもさして気持ち良くはなく、むしろ、こちらは痛みまで覚えているのに、射精できるほど猛然と腰を振りまくることのできる彼らが異種動物のように不気味で、している途中から完全に損した気分になった。それ以外に、なにも変わることはなかった。テンコは幼い頃からいまもずっと、男が大嫌いなままだ。

幼くても、大人びたムードを持つ少女がいる。大人の男のある部分を刺激してしまう、妖しいあどけなさを持つ少女。テンコはそんな女の子だった。

幼稚園に入るか入らないかの頃から、見知らぬおじさんにつきまとわれたり、勝手に写真を撮られることはしょっちゅうで、町内のお祭りでは近所の女の子たちと浴衣を着ても、テンコだけがきれいだの色っぽいだのとちやほやされ、酒の席では、酔ったおじさんたちがテンコを膝に乗せようと取り合いっこして無理矢理に抱っこしてきた。あの酒臭い息とべとついた腕と浴衣ごしの太腿の感触は、いまでも忘れられない。

幸い、山梨の実家の親族内では、女の子は中学校から私立の女子校に通うのが慣習だった。女子ばかりの環境は居心地が良かった。一方で、登下校の満員電車は恐怖だった。男たちは混雑の中、痴漢とまではいかないまでも、どうせなら若く大人しそうな女の子にくっつこうとばかりに、強引に身体をねじってよじって押し寄せてくるのだ。そんなときの彼らの目は涙袋をふくらませて半月状に歪み、ぬめぬめと光る膜に覆われていた。

休日はほとんど家で過ごした。物心ついた頃からひとりで本や漫画を読むのが好きだった。年齢を重ねるごとに本の世界に没頭し、いつしか自分でも物語を紡ぐようになった。

性に興味を持つようになったのは中二のとき。夜、布団の中で、自分のアソコをパジャマの上から弄りながら、エッチなシチュエーションを夢想した。ジャンルでいえばTL、BL、百合、近親相姦、SM陵辱、ホラー、スカトロ etc. 自分で言うのもなんだが、テンコのエロに死角はなかった。夢想はどんどん過激になり、徐々にオナニーの成果よりも夢想に熱中するようになり、日々繰り返すうち、シチュエーションにはストーリーが加わり、登場人物が増え、人物それぞれの背景や関係性が肉付けされ、一年も経つ頃には長編大作に仕上がった。大作は並行して何本もできた。

そのうちの一本を、二十五歳のとき、官能文学の賞に応募した。山梨の実家を出て、東京のぬいぐるみメーカーに勤めている頃だった。半分は力試しのつもりで応募したところ、大賞を受賞。テンコは編集者のつけた紫城麗美のペンネームでプロの官能小説家となった。

それからは無我夢中で書いてきた。一日に二十枚も二十五枚も書く多忙な日々の中、自分のための夢想は徐々に枯渇したが、仕事の量はふくらむ一方だった。脳髄を振り絞る思いで書くことだけに集中してきた。

そしていま、ふと我に返ることがある。私はいったい、どこでなにをしているのだろう。

官能小説の世界には男性もたくさんいた。というよりも、エロの世界そのものが、男たちが長年にわたって築いてきた世界なのだった。官能小説家として売れれば売れるほど、突きつけられるのは、エロ＝男の下半身のためのものであるとの固定観念だった。

だったらべつに売れなくても良かった。テンコは身の丈と相応にささやかに書きたいものを書ければ幸せだった。男なんかには読んでもらわなくて良かった。

だが彼らは勝手に読む。読まなくていいのに読む。さらには読まない者やメディアなんかまでが、若い女がエロを書いているという事実に勝手に色めく。そうして、実体験を書いているんですか、書きながらオナニーしますか、書くためのセックスはしますか――

創作物は創作物。自分でもわかっているようなそんなことは、他人はもっとわかっていると思っていた。

あるいは、これが自分に与えられた役割なのだろうか。この世界では、誰かが愉しむためには他人のなにかが損なわれなければならず、後者の役割は弱い者が担わされる。他者の暗部を弱者が引き受ける。

デビューして五年。いつの間にか、若手の人気作家と呼ばれるようになっている。だが毎日毎日、楽しくないことが当たり前になっている。新しい仕事を依頼されるたびに、また嘘をつくんだな、しんどいな、と思う。

自分でもいけない状況だと自覚している。他人にも自身にも後ろめたい気持ちばかりでいる。そしてその後ろめたさが、ますます嘘をつかせる。作品を出せば出すほど、男に奉仕する女として評価されるだけなのに、依頼がくれば全力を出そうとしてしまう。撮影仕事では扇情的に撮られているのをわかっているのに、求められるとおり、色っぽそうに脚を組んでしまう。

仕事が辛いほどに、これを頑張るしかないのだと思う癖がついている。少しでも本音を晒《さら》せば、すべてをぶち壊してしまう寸前に自分はおり、ここまできて、いまさら壊す勇気はないのだった。心が傷つけば傷つくほどに、エロで損なわれたものを、ほかでもないエロで取り戻したいとの意地を捨てきれないでいる。

「あ、ゴーヤチャンプルーだって。暑いはずだ、もうそんな季節だね」

柚寿がメニューを開いて言った。

「これとズッキーニのバター炒めと、くじらベーコンいっちゃおう。テンコは?」

「そうねぇ」

油染みのついたしわくちゃなメニューをのぞき、テンコはなんとなく頬がゆるんだ。

柚寿にテンコ、と呼ばれるとほっとする。幼い頃から、家族や友達など、身近な人にはそう呼ばれていた。本名が山中典子《やまなかのりこ》で、テンコ。モサくて気が弱くて田舎者の地味な女。それが本当の私なのだけれど――

「どうした？」

「変わりたいな、私」

「変わりたいか。じゃあ男でもつくる？」

「げ」

「冗談よ。でもテンコに男ができたらどうなんのかな、って興味はあるけど」

「ない。あり得ない」

言い捨てて、テンコはハイボールを呷《あお》った。柚寿がくすっと笑う。

「私はほぼ処女のテンコが羨ましいけどな。私なんて十七で経験して、その後、男が途切れたことがないんだもん。自分が処女だった頃、どんなにセックスに憧れて、してみたくてたまらなくて、毎日毎日妄想していたのか。あの頃の熱量がいまあったら、もっと書けると思うんだけどなぁ」

「あったら、するのに忙しくて書かないでしょ」

「テンコ、そろそろイケメンのユニコーンからお誘いが来ない？」

「ユニコーンは、偽りの処女のことは怒って八つ裂きにしちゃうんだよ。私みたいな偽りのビッチなんて、どんな制裁を受けることか」

「ユニコーンって、どうやって処女って確かめるのかな。やっぱり少女の股を押し開いて、角でグリグリして処女膜の存在を確かめるのかな。良いよね。イケメンのユニコーンが無表情で冷静に性器を触診してくるんだよ。萌えるよね」

「なんだよ、おまえら、来てたのぉ？」

突然、大声があがった。店の扉口から、パイナップルみたいな金髪頭のギターを抱えた男が、ひしめく客たちを押し分けてこちらへやってくる。

「テンコちゃん、久しぶり。先週、テレビ出てたんだって？　うちのメンバーがたまたま観ててさ。言ってくれたら録画したのに。柚寿だってちゃんと教えろよぉ」

「いいから、あんた、声がでかいのよ。早く座んなさい。もう、せっかくうちらだけで飲んでたのに」

柚寿がギターケースを奪うように預かり、隣の椅子を彼のために引く。

稲田錠《いなだじょう》。先刻の柚寿の話に出てきた、熱中症になった五十二歳の彼氏だ。

「大将、ボトルと水割りのセットね、グラスも三つ。んでさ、テンコちゃんの出てる動画、ネットに上がってるらしくて、うちのドラムが超色っぽいって」

「うるさいの。はい、この出汁《だし》巻《まき》卵でも食べときな」

と、柚寿が遮るが、錠に悪気が微塵《みじん》もないのはわかっている。ロック好きのバンド少年がそのまま齢《とし》を重ねたような人懐っこい笑顔。女性観も無邪気に昭和のままなので、女に対する「色っぽい」とかが褒め言葉だと思っている。

「あの、錠さん、今日、音楽のお仕事だったんですか」

話を変えるつもりでもなく訊いた。今日のような平日、錠は清掃のアルバイトをしているはずで、ギターを抱えているということはライブかリハーサルだったのだろうが、それにしては時間が遅いのに酔っている感じではない。

錠がライターを点けかけた手を止め、にかっと破顔した。

「なんだよ、柚寿、もう喋っちゃったの？」

柚寿を見れば、こちらもいつもは凜々しく引き締まっている口元を、心なしかゆるめている。

「テンコが知ってるかわからないけど、ユートさんているでしょう。ミュージシャンで若いイケメンの」

「お名前はよく聞くよ。いまもCMで歌が流れてる」

「そのユートさんの今度のアルバムに、錠たちのバンドが参加することになったんだ」

「え、すごい」

テンコは目を丸くして錠を見た。

錠は照れ臭そうに煙草に火を点ける。柚寿はボトルを運んできた店長に料理を注文し、テンコへの説明を続ける。

「なんでもユートさんが、子供の頃に錠のファンだったらしいの。音楽をはじめたのも、中学生のときに錠たちのコピーバンドを組んだのがきっかけなんだって。バンドブームの頃の錠たちは、小さい子供たちにも大人気だったらしいもん。それで、ユートさんはいまでも錠たちがバンドを続けていることを知っていて、自分がプロになったら、いつか一緒に演《や》るのが夢だったんだって、連絡をくださったの」

「すごい。おめでとうございます」

「へへ、ありがと。メンバーたちはしれっとした感じで格好つけてんだけど、なんだかんだ張り切っててさ。今日も一緒に曲つくってたんだ」

「まあ、長くやってるといいこともあるよね」

柚寿が頬杖をつき、トングで三つのグラスに氷を入れる。

「この勢いでちょっとは稼いでくれるといいよ。だってこの人、機材も衣装も売れてた頃のノリでお金かけるし、その上、三回も離婚してるでしょ。離婚も結婚もするたんびにお金が飛んでくみたいで、いまだに借金が残ってるのよ。ほんと私、なんでこんなのを六年間も養ってるんだろう」

「あのな、柚寿。誰かを好きになるたびにちゃんと籍を入れて、次に好きな人ができたら離婚して、再婚して、そういうことをマメに繰り返す男ほど、実は真面目で誠実なの」

「後のほうの女ほどシワ寄せがくるのよ」

「バカ、後のほうじゃねーよ。おめーが俺の最後の女だ」

「私のほうは最後じゃないかもしれないけどね」

「あれ、おまえ、そういうこと言う？」

いつもの痴話喧嘩がはじまった。テンコは目の前のふたりを眺めながら、柚寿が氷を入れ、錠が焼酎を注ぎ、またふたりで水とレモンを入れた水割りをちびりと舐めた。

ふたりの賑《にぎ》やかに言い合う姿は、見ているだけでテンコも楽しくなり、顔がほころんでくる。いつもならそうだ。でも、いまは若干、目を伏せたくなる。

柚寿の毅然とした明るさや気丈さは、本人の持って生まれた魅力であり、自身で培ってきたものだ。けれど同時にそれは、錠という存在に支えられてもいる。改めてそう思う。互いに大切な人がおり、守るべきふたりの生活がある。そのことがどういう感覚なのかテンコにはわからず、だからそれを羨《うらや》ましく感じたこともないが、今夜は柚寿と錠の優しく見つめ合う眼差しが、ちょっと眩《まぶ》しい。

「私、先に帰るね」

テンコは財布からお札を出し、立ち上がった。

「え、なんで」

柚寿が慌ててテンコを見る。

「なになに、俺、お邪魔しちゃった？」

「そうじゃなくて……このところ仕事がはかどらなかったけど、柚寿に会えて、錠さんのいいお話を聞いて、私もやる気が出ちゃった。飲みすぎないうちに帰って、遅れた分を取り戻すよ」

それ以上、下手な言い訳が出る前に、テンコは早々に店を出た。

2

十分後、テンコは夜道で缶チューハイを呷っていた。コンビニで買った、三本のうちの二本目。飲み足りない勢いで次々とコンビニの籠に入れたものの、自分の部屋に持って帰りたくはない気分。大通りでタクシーに乗れば、永福町の自宅マンションまで二十分ちょっと。いいや。ちょっと遠回りして、歩きながら飲みきっちゃえ。

柚寿と飲んだ店は、吉祥寺駅から徒歩十分くらいの場所にあった。そこからメインストリートを離れると、開いている店も少なくなり、街灯がぽつぽつと青白い灯りを滲《にじ》ませている。いままた一軒の店がガラガラとシャッターを下ろした。この路地に入る前に犬の散歩中の女の子とすれ違って以来、歩いている人は誰もいない。

「ひとりはいいな、ひとりはいいな」

出鱈目《でたらめ》な歌を呟くように歌う。空は曇って、月は出ていない。誰も自分を見ていない。気持ちが良い。

すぐに二本目も空になった。三本目を開け、口をつけたところで、

「すみません」

ふいに後ろから声がかかり、思わず噎《む》せた。

「……はい？」

振り向くと、立っていたのは若い男女。どちらも大きなキャリーバッグを引き、人気アミューズメントパークの土産袋を提げている。

「あの、道をお聞きしたいのですが、Cホテルにはどう行けばいいでしょうか」

男の子のほうが遠慮がちに、スマホの地図を見せてきた。

「地図で探しても出てこなくて。ホテルに電話したら、L公園の近くだと言われたのですが」

言葉に九州っぽい訛《なま》りがある。ジーンズに入れたチェック柄のシャツが、斜めがけしたカメラのストラップでひどくよれている。ふたりとも顔が青白く見えるのは街灯のせいだけでなく、慣れない場所で道に迷い、歩き回って疲れているためのようだ。

「はい、Cホテル。えっと、L公園の近く……」

テンコは濡れた口を拭《ぬぐ》い、スマホを覗き込んだ。

「駅はここで、ここに銀行があって……」

真剣に地図を見るが、仕事以外で滅多に外に出ることのないテンコには、いまいち要領がつかめない。

焦っていると、女の子も申し訳なさそうに頭を下げる。

「すみません、ホテルの人が忙しそうだったので、よくわからないまま電話を切ってしまって……」

「ううん、大丈夫。方向はこっちで合ってるんですよね」

彼らを不安にさせたくなくて急いで言ったが、実は自分たちがいまいる場所もよくわかっていない。せめて人通りのある道が近くにあればいいが、そうなると彼らをUターンさせることになるらしかった。どうしよう。落ち着いて地図を見れば把握できそうなものだが、とにかくふたりを安心させなきゃとの思いから、ますます頭が混乱してしまう。と、

「どうしたの？」

また背後から声がかかった。振り返ると、スーツ姿の男性ふたりが立っていた。

「なになに、道に迷ってんの？　どこ行きたいの？」

ふたりとも酒に酔っているようだ。顔が赤い。声が高い。だが赤の他人の困っていそうなところに声をかけるなんて、親切な人たちに違いない。

「Cホテルってご存知ありませんか。地図アプリの検索では出てこないみたいで」

「あ、それもしかして、カタカナで打った？」

四角い顔をした大柄の男性が、スマホを覗き込んだ。

「そのホテル、イタリア読みなんだよね。地図アプリってさ、アルファベットならアルファベットで打たないと出てこない場合があるんだよね」

「俺も出張先でよくそれやって迷う」

眼鏡をかけた細身の男性が、男の子の肩を叩く。

「あのね、そんなに遠くないよ。この道を真っ直ぐ行って、二本目の路地を右に曲がったら緑色のビルがあるから。白い看板が出てるからすぐわかるよ」

「わからなかったら、そのあたりうろうろしてたら二十四時間スーパーがあるから、またそこで訊けばいいよ」

「ありがとうございます！」

カップルが礼を言い、ほっとした顔を見合わせた。

それからふたりは何度もお辞儀しつつ、教えられた道に向かっていく。

男性ふたりは手を振って見送っている。

「いい旅しろよー」「おやすみー」

「ありがとうございました」

テンコも頭を下げた。

「いやいや、こんなの当然」

「っていうか、あれぇ」

四角い顔の男が顔を覗き込んできた。

「さっきの店にいた子だよね。官能作家さんの」

もわりと、アルコール臭が鼻にかかった。

「ほんとだ」

眼鏡の男も顔を覆いかぶせてくる。

「いやきみら、美人ふたり連れだなぁって思ってたらさ、トイレに行くときに会話が聞こえて。お店の人に訊いたら、官能小説を書いてる人たちだっていうから。いやぁ、やっぱそれっぽいよねぇ、って話してたんだよね」

四角の男が腰に手を回してきた。生あたたかい指が、パーカーの上から脇腹にめり込んだ。

「名前、教えてよ。やっぱペンネームで書いてんの？」

眼鏡のほうも酔いの熱を帯びた赤ら顔を寄せ、二の腕を抱いてくる。

「やっぱ、そういう人って妄想すげえんだろうなぁ、って、僕ら話してたんだよね。ね、ひとりで帰ってきたの？　これからどうすんの？」

「カラオケとか好き？　いい店があんのよ、これから行かない？」

テンコはマスクを鼻の上まで引き上げ、下を向いた。鞄を抱きしめ、大通りの方向を見当をつけて歩く。早足となり、手に持った缶チューハイがぴちょぴちょと足元に零《こぼ》れる。

男たちは脇腹と二の腕をべったりと抱いたままだ。

「俺もさー、官能小説だったら、すっげえの書けると思うんだよね」

「飲みながら話聞いてよ、ネタにしていいからさぁ」

腰をつかんでいる手が、脇肉を揉むように接着面を広くし、みぞおちあたりまで這《は》い回ってきた。五本の指が、胸を押しあげるようにしてふくらみの際で蠢《うごめ》きだす。

胃が刺激されて気持ち悪い。どれだけ歩いても、アルコール臭と口臭の膜が顔中を覆って追いかけてくる。

男たちのこうした豹変は、何度見せつけられても怖い。獲物を見つけたという感じの目。かといって野生動物のそれではなく、弱いものに舌なめずりをする、卑という文字の似合う目。卑劣、卑怯、卑屈、卑猥。性を隠し持っている闇の部分で、弱いものを愉しみの道具にする。

どれだけ呪っても呪いたりない。怖い、どうしよう。頭がくらくらする。真っ直ぐ歩けない。どうしてひとりでこんなところを歩いてしまったんだろう。馬鹿だ、なんで私はいつもこうやって、間違った方向に来ちゃうんだろう――

*

明日あたり、ひと雨くるかもしれない。

楠田昇《のぼる》は月の隠れた夜空を見あげ、ついでに首の骨をぽきりと鳴らした。

空気は蒸している。だがこうして誰もいない夜の町を歩いていると、ほんの先刻までいたスタジオでの高揚感が嘘のように遠ざかり、全身の毛穴がほぐれていく感覚がする。

シャツの下で、ベルトループに吊るした鍵が跳ねている。一本だから音は鳴らない。撮影現場で私物を管理するのは面倒なので、なんでもかんでもカーゴパンツのポケットに入れるか吊るすかしている。

　大通りで監督の運転するハイエースを降り、自宅アパートに向かっている途中だった。久しぶりの二日連続の現場。作品は別個のAV一日撮りだから、ベテランの立木《たちき》監督もさすがに今日の最後のほうは殺気立っていた。

　それでも助監督の楠田に対してちょっと苛《いら》ついてみせる程度で、出演者やスタッフたちの前ではおちゃらけて場を和ませ、一分一秒のスケジュールを采配し、最終的には撮りこぼしもなく時間内に仕上げるのだから、ああいうプロの仕事を見ると、やはり自分などはべつの道を考えるべきかと思う。

　まあ考えるのはまたそのうちにしよう。とりあえず今日は数日ぶりにゆっくり眠れる。明々後日《しあさって》は立木監督の編集に立ち会って、来週はべつの監督の現場。今夜はのんびり風呂に浸かって、海か山の動画でも見ようか。

　カラーン――と、突然、夜闇に派手な音が響いた。続いて男の声。ちょうど楠田が曲がった路地の先からだった。

「あーあ、落としちゃって。大丈夫？　脚、濡れなかった？」

「ねえ、マスク取ってよ。恥ずかしいの？　だったら僕が剝《は》がしちゃおっかな」

　白い街灯の下、男ふたりと女ひとりが、もつれるようにして歩いていた。酔っ払いのオヤジが、酔った女に言い寄っているという図。音の正体は女が落とした酒の缶で、アスファルトに犬のションベンみたいな跡をつけながら楠田の足元に転がってきた。

女はマスクをし、俯《うつむ》いた顔は長い髪でほとんど隠れている。鞄をしっかと抱きしめている様子から怯《おび》えているのは見て取れる。だが足取りは男たち以上にふらついている。

マジかよ、こんなところで――

民家とアパートが立ち並ぶ住宅街。繁華街が近いので、たまに羽目を外した若者が大声で騒ぐことはあるが、よりによって自分のアパートのまん前で、おっさんと女の下劣な厄介ごとは止《よ》してほしい。

「ねえ、ねえ、なんか言ってよ。もしかして俺たちのこと無視してる？」

あと十メートルほどで三人とすれ違う。女は見た感じ、三十一歳の自分よりもちょっと若いくらい。おとなしそうなタイプに見える。あの足元のおぼつかなさでは、このまま繁華街の個室カラオケに連れ込まれるか、タクシーに乗せられて安ホテルに運ばれるか。

「……るさい……」

ふいに、ボソッと女が言った。

「なに？」

「え、なんて言ったの？」

男のひとりが女の口元に耳を寄せ、ひとりが女の腰を抱き寄せる。

俯いたまま、女がまた低い声を放った。

「うるさい……手、どけて……離れて……」

「はぁ？」

男たちが声をひっくり返した。

「なに、うるさいって言ったの？」

「えぇぇ、お高く止まってる感じなの？」

楠田は舌を打った。彼らの前に立った。

「おっさんら。その人、嫌がってるよ」

男たちはお化けでも出たかのように、ぎょっと顔をあげた。

「なんだよ、おまえ、小僧かよ」

顔の四角い大柄なほうが、充血した目を剝いた。

「ガキがうるせーんだよ。あっち行け」

痩せた眼鏡のほうが、しっしと楠田を払う。

楠田は頭を搔き、尻ポケットからスマホを出した。

「五つ数えるうちに立ち去れよ。でないと警察呼ぶよ。五、四、三」

「は？　ちょっと待て」

「二、一」

「おいっ」

「ゼロ。残念」

適当に画面をタッチした。

「ちょっ、まっ……お、おかしいだろ、こいつ」

「憶えてろよ、クソがっ、ボケッ」

男たちが足音をこんがらがらせて通りを駆けていく。

「大丈夫？」

女の横にしゃがみ、背中に手を置いた。マスクをしているが、わりと可愛い類の顔だ。と思っていたら、いきなり黒い塊が顔にぶつかってきた。

「いてっ……」

女が鞄を楠田に振りあげたのだ。鞄の金具が目尻をかすめ、手を当ててみると、血の線が滲んでいた。

「マジか」

「触るなってば！」

女が金切り声をあげる。

「さっきのふたりはもういないよ。俺はあんたを助けたの。わかる？」

「もう無理、なにもかもしんどい……しんどい、無理っ！」

かなり酩酊しているようだ。女が喚《わめ》いて後ずさり、すぐに街灯のポールにぶつかってよろめいた。

「おい」

「うるさい、かまわないで！」

怒声を放ち、女が楠田を睨《にら》む。ゆらゆらと揺れる髪の下で、大きな瞳が爛々《らんらん》と鮮やかに赤い。

「いい？　あんたらのためじゃないのよっ！　私がきれいでセクシーなのは、あんたらのためなんかじゃないのよっ！」

怒鳴った勢いで女がふらつき、今度は地面に尻もちをついた。

「あぁ」

「寄らないでっ！」

女が地面の砂利をつかんで楠田に投げる。目に見えないくらいの砂粒だが、女の鬼みたいな目つきに思わず身を避けた。

　女が拳でアスファルトを叩く。

「恥ずかしいか、ですってっ！　バーカバーカ、おまえらみたいなどうでもいいやつらに、恥ずかしいなんて思うわけないでしょっ！　でも、悔しいっ！　憎い！　呪う！」

「ちょっと落ち着いて」

「もういいの、なにもかもぜんぶ、どうでもいいのよっ！」

　地面を叩きながら、女がうなだれ、次はしゃくりあげはじめた。

「もうやだ……いやだ……頑張れば頑張るほど、みんないやな顔ばっかり向けてくる……ねえ、どうして人って、他人を貶《おとし》めて愉しむことができるの？」

「まぁ、中にはひどい人もいるよね」

「ひどいと思うの。本当にひどい……私、世界がこんなだとは思わなかった……馬鹿だった……なんでこんなのを仕事にしちゃったんだろう……」

　なんとなく、問題が多めの職場で働いている女らしいことはわかった。だが、そういうことになるのは運が悪いか頭が悪いかのどちらかで、両方悪いやつもいる。

「なあ、あんた、タクシー呼ぼうか？　金持ってるか？」

「オエッ……」

　今度は女がえずいた。

「お、お、おう、吐くか？　自分で吐けるか？」

背中をさすり、女のマスクを外そうとした。すると女がまた肘でど突いてくるので、両手首をつかみ、口でマスクを噛んで引きおろした。

「大丈夫か」

女の顎を肩に乗せ、背中をトントンと叩いた直後、

「オゲッ……」

耳元で不穏な音が鳴った。肩に生ぬるいものがかかった。

「……嘘だろ」

反射的に女を離し、自分の肩を見た。

すると女がふらりと、向こう側に倒れていく。

「おいおい、頭打つぞ！」

慌てて女のパーカーの胸ぐらをつかんだ。

3

二分後、楠田は女を背負い、自宅アパートの外階段を上っていた。

女をおぶうなんて、母親が死んで以来だ。酒にも男にもだらしのない人だったから、介抱もたぶんふつうの男よりはしなれている。

小太りだった母と違ってこの女は中肉中背か、どちらかといえば痩せているのだが、意識を失った人間が重いというのは本当で、あと、とにかく無駄に胸がでかい。この巨乳のせいで胴体が背中に密着せずに、その分、楠田が前のめりで歩くことになる。

三段ごとによいしょ、と背負い直し、また足を踏ん張って上っていると、だんだん、見慣れた階段の滑り止めの模様が「ソ」と「ン」に見えてくる。やはり交番に連れていくべきだっただろうか。

しかし警察官がみな親切とは限らない。酔った勢いで、ふだんは抑えているのだろう鬱屈を泣いて喚いて吐き散らしたこの女が、ふと目覚めれば交番で、警察官たちに面倒な泥酔女として扱われる様を想像すると、見捨てるのはどうにも忍びなかった。最初に男ふたりに囲まれ、気弱そうにおどおどしていた姿も目にしている。つい使命感のようなものが湧き、目の前の自分のアパートに運んできてしまった。

それにこの女はひょっとしたら、警察官の前でもひどい悪態をつくかもしれなかった。手のつけられないレベルになると、交番どころで収まる事態ではなくなる。

そもそもあの男たちに「うるさい」と吐き捨てたこと自体、状況への対応能力がなさすぎる証だった。ただでさえ厄介な酔っ払いオヤジが、あれでますます後に引けなくなった。あそこは勝ち目のない喧嘩を売るよりも、上手く人通りの多い場所に移動するなり、それこそ通りすがりの自分をさっさと見つけて、助けを求めるなりしなければならない。たとえ酔っ払っていようが、むしろ酔って本能が露出した状態だからこそ、迷わず本能で助けを求めるべきところを、この女は自らを最悪の状況に持ち込んでしまった。

こうした目の前の出来事に感情のみで反応し、物事の渦中に身を置く人間を見ると、自分にはない奔放さを感じて羨ましく思いもするが、それ以上に気がしれない。世界は黙って見学する人間に対してのほうが、広くて優しい顔を見せるものだ。

「よいしょっ……」

あれこれ考えているうちに階段を上りきり、部屋の前に着いた。ここまで来てはもう仕方がない。この女が目覚めたときに、また一悶着《ひともんちゃく》起きるかどうかは後のこととして、まずは鍵を開けなければならない。

女を背負いながら苦労して鍵を挿し込んだ。なんとかドアを開けたが、照明スイッチを押せる腕はなく、クロックスだけを脱いで中に上がった。狭いキッチンを抜けて六畳間のベッドに向かうと、薄暗がりの中、床に積み上げていたディスクの山を盛大に蹴飛ばした。弾みでバランスが崩れ、かろうじて女をベッドに放り、自分はベッドのパイプにゴツッと脛《すね》をぶつけた。

「いって……」

「うぅん……」

女が俯せたまま唸《うな》った。目を覚ました様子はない。

踏んだり蹴ったりだ。ああ、畜生。まずは汚れたシャツを脱ごう。すぐにシャワーを浴びよう。女本人はいい気なものでそう汚れておらず、背負った楠田のシャツの汚れがパーカーについている程度だ。それだけは脱がしてやろうかと、また難儀して女を仰向けにし、パーカーのファスナーをおろした。

「ぁあん……？」

女が眠りながら、不快そうに顔をしかめる。

「ぁあん、じゃなくて。ほら、腕を抜いて」

肩を横にしたり俯せにしたりして、なんとか袖まで脱がせると、女はぱたんと、また俯せで腕を落とし、くうくうと寝息をたてはじめた。

楠田は立ちあがり、自分のシャツと女のパーカーとをキッチン横の洗濯機に放り込んだ。そのまま裸になって風呂場に入った。

シャワーを浴び終えたところで、着るものが必要であることに気づいた。七月初めのいま、ふだんなら風呂上がりはしばらく真っ裸で涼むのだが、一応、眠っているとはいえ女のいる部屋だった。

タオルで前を隠しつつ、そろりそろりと部屋に戻った。女が寝息をたてているのを確認し、押し入れを開け、いちばん上にあるバミューダパンツを穿いた。それから女の口元を拭いてやろうと、湯に浸したタオルを絞り、ベッドに戻った。

ベッドサイドの灯りを点け、もう一度、女の肩を抱いて仰向けにした。

その手がいったん、止まった。

ああ、そうか——

女の姿を間近にして、改めて、自分のベッドで寝ているこいつは女なのだ、と思う。

パーカーを脱がせた下は、白のタンクトップだ。胸元は鎖骨を露わに大きく開いている。胸はやはり大きい。丸みのある双乳が、タンクトップの生地を張り詰めさせて盛りあがり、呼吸に合わせてゆっくりと上下している。

肩でブラジャーの白いストラップがはみ出していた。そういえば嘔吐した後でもあるから、ブラジャーのホックを外して楽にしてやるべきなのかもしれない。

とはいうものの、さすがにそこまでするのは躊躇《ちゅうちょ》する。撮影現場ならメイクを呼んで頼むところだが、ここは現場ではない。と考えると、目の前のこのストラップの飾りも光沢もない質感が、ふだん見慣れている女優たちの衣装下着とは違って、妙に素朴で生々しく感じられもし、とりあえず男としては、触らないでおくほうが無難な礼儀であると判断した。

ほかにしてやれることはあるだろうか。見たところ、特に寝苦しそうな様子はない。むしろ弛緩した表情でおだやかな寝息をたてている。両腕は力を抜いてシーツに投げ出されている。腋《わき》の下にタンクトップの生地がわずかに喰い込んでいるが、これも締めつけるというほどではなく、単に筋肉が薄いせいだろう。あまり運動をしないらしく、二の腕も腹部も頼りなげなほどほっそりとしており、そのくせおぶった感触は全体的に柔らかかった。

そうそう、口元を拭いてやろうとしていたのだった。楠田はタオルの先で女の唇をそっと撫でた。頬にほつれた髪がかかっている。それも耳の後ろに流した。ノーメイクだが、顔立ちはきれいな女だ。どこかで見たような気もする。現場ではない。なにかべつの……どこでだっけか。

もぞりと、女の脚が動いた。思い出した。といっても顔ではない。こいつのサンダルを脱がせていなかった。

楠田は仕事を見つけた気分でベッドから立ち、女の足元に回った。

サンダルは足首を細いベルトに固定したバックストラップのタイプだ。女の穿いているジャージの裾をそっとつまみあげ、留め金を外しにかかった。が、これが意外と固く、なかなかすんなりと外れてくれない。それにどうしても直に触らないようにとの遠慮が勝ってしまう。無骨な自分の指に比べ、女の足は白く脆そうで、筋の浮いた甲も、長く形のいい足指も、桜色の爪のひとつひとつに至るまで、まるで精密につくられたガラス細工のようだ。

控えめな奮闘を続けた末、どうやらベルトはボタンで取り外しできる形式だとわかった。なんだ、とホッとして外した指に、つい油断して力が入ったのか、

「うぅん……」

女がまた唸り、楠田の顎を蹴って寝返りを打った。

「いて……」

楠田は蹴られた顎を押さえつつ、女を見て、びくっとした。女の目が、今度はうっすらと開いていた。長い睫毛が二度、三度と瞬《しばた》き、透明がかった茶色い瞳が、ぼんやりと宙を見る。

寝惚《ねぼ》け眼《まなこ》に見知らぬ室内が映ったのだろう。女が怪訝《けげん》そうに眉を寄せた。その顔がいかにも不快そうで、楠田は声をかけようとし、あ、と気がついた。即座に立ちあがり、床に散乱していたディスク類を部屋の脇に寄せた。

「びっくりしなくていいよ。ここは俺の部屋。これは俺の仕事の資料。俺、ＡＶの助監やってんだ」

ちょうど目立つ場所に重なっているのが、乳房を露わにした女優たちのパッケージだった。

「なんで……」

女が虚《うつ》ろな声を出す。

「あんたが酔って意識を失ったんで、心配で連れてこさせてもらったんだよ。憶えてない？」

「なんでAVなの……」

うわ言のように女が訊く。そっちか。やっぱり気になるよな、そうだよな。

楠田は、ディスク類をある程度まとめ、膝に手を当てて立ちあがった。それから女の横に腰を落とした。ふぅ、と肩で息を吐く。あれこれひとりで働いて、もう疲れた。

女は横向きの体勢で、眠そうな目で楠田を見ている。

「いつの間にかだよ。もともとはカメラマン志望で映像学校に入ったんだけど」

先刻、鬱屈を吐き散らし、いまもまた前後不覚で寝入りそうな女に、楠田もなんとなく独り言のように答えたくなった。

「最初に就職した映像制作会社が数年で潰れて、路頭に迷ってたら、いま世話になってる監督に声をかけてもらったんだ。その監督がピンクやAVも撮ってる人で、弟子みたいな形で手伝っているうちに、いまに至ってる」

「仕事、楽しい……？」

「現場は楽しいよ。変な人が多くてさ。やっぱこの世界に来るべくして来たんだろうなっていう」

「だったら良かったけど」

「あなたも、変な人……？」

「AV監督さんに、なりたいの……？」

「どうかな」
二、三年前までは、将来のことを訊かれればカメラマン志望なのだと答えていた。広くて優しい自然の世界を撮りたかった。映像学校の同期の数人のように、自分で映像作品をつくり、発表しようという意気込みも、三十手前くらいまではあった。だが実際は三十一歳になったいまも、狭いスタジオでこまねずみのように働き、その日の仕事をこなすので精一杯な日々。自分のカメラもいつの間にか、押し入れに仕舞い込んだままでいる。
「いいから寝ろよ。ベッドは使っていいからさ」

女に布団をかけようとした。すると、

「頑張ってればそのうち、いいことあるよ……」

ろれつの回らない励ましが返ってきた。

「最初の一歩がどうかなんて、関係ない……いま頑張れること、頑張ろ……」

思わず吹き出した。

「そうだね」

女を見ると、首筋にも数本、髪がかかっていた。タオルで後ろに流すと、女がくすぐったそうに笑った。

「あんた、名前はなんてえの」

「ヤマナカノリコ……みんなは、テンコって呼ぶよ」

漢字で書けば山中典子か。なるほど、典子でテンコ。

「テンコちゃんか。可愛い名前だね」

「うふ……」

テンコがまた笑う。つられて楠田も笑った。

「もっと呼んで……」

「テンコ」

くすくす笑いながら、テンコがタオルごしの、楠田の手を握ってきた。

そのまま両手で楠田の手を包み、自分の唇に持っていく。

手のひらに息がかかった。唇が触れた。

あ――

唇が小さく開き、舌がのぞく。

濡れた感触が、手のひらの中心をなぞった。

ひくりと腕が震えた。

「おい……」

「ンン……」

テンコはうっとりと目を閉じ、手のひらを啄《ついば》むように唇をつけ、そうしてまたちろりと皮膚を舐める。

湿った吐息が手に広がった。かすかに触れた舌先の一点から、ぞくっとするような痺《しび》れが皮膚に沁み込む。

うろたえた。だが手を離すことはできなかった。逆に吸い寄せられるように、楠田はゆっくりと、テンコの隣に身を横たえた。

テンコはそのことが嬉しいのか、楠田に身を寄せ、手のひらの中でふふ、と笑った。

狭いシングルベッドで、膝と膝が触れた。

舐められているのは左手で、上になった右手をどうしようかと楠田は迷い、女の身体に触るのも憚《はばか》られ、結局、彼女の頭を包むように後ろに持っていった。

後頭部の髪をそっと梳《す》くと、テンコは気持ち良さそうに頬をゆるめ、また手のひらのくぼみを舐めはじめる。

微妙なくすぐったさと濡れたぬくもりが、皮膚を痺れさせる。

「あんた……もうやめたほうがいいよ」

「なんで……」

楠田の手のひらに、テンコがまた笑いの吐息を漏らす。

「私だって本当は、セックスしたいもん……」

触れ合った膝を、テンコが楠田の脚の間に挿し込んできた。下腹部ごと押し当てられ、淫感にぞわっと太腿が毛羽立った。

我知らず脚が浮く。内腿の間にテンコの華奢な太腿がすべり込み、陰部が密着した。

分身はすでに充血をはじめていた。それがテンコの股間部に柔らかく圧迫され、徐々に頭をもたげだす。

「ん……ふ……」

衣服ごしに密着したまま、テンコが腰を動かした。

「う……」

楠田は奥歯を噛みしめた。

陰茎が静かに揉み込まれている。張りつめた肉の内側で、疼《うず》きがどんどん溜まり、熱く凝縮していく。脚が交差しているため、若干ずれているのがもどかしい。

「ふ、ンン……」

テンコの吐息は完全に、性的な湿りを孕《はら》んでいた。

表情はおだやかな夢見心地のものだが、形の良い眉がわずかに切なそうに下がっている。ピンク色のふっくらとした唇はあえかに開いて、白い前歯をのぞかせている。

間近で見ると、前歯の二本が心なしか目立っている。整った顔立ちに、このリスかウサギのような口元が愛らしさを添えている。そのあどけない美貌が、楠田を求め、淫《みだ》らな声を漏らしている。

テンコが楠田の手を唇からずらし、自分の首筋へとおろした。

指先が、か細い鎖骨に触れた。その下で豊かに盛りあがる胸が、横を向いているせいで餅のように重なり、深い谷間を描いている。

つかみたい。この手で、この豊かで柔らかそうなものを揉みしだきたい。

分身は興奮の塊と化していた。

このままこいつの上に覆いかぶさり、この興奮を擦《こす》りつけたい――

肩を起こしかけたとき、テンコがまた呟いた。

「優しくしてほしいの……」

切なそうな声だった。楠田は身を押しとどめた。

「私も、優しくしたい……」

なんなんだよ……

唇を噛み、手を胸ではなく、彼女の首とシーツの間に差し込んだ。細い首を手のひらで包み込むようにし、もう一方の手で、後頭部の髪を撫でた。

「んん……」

こちらは耐えているにも拘《かかわ》らず、テンコがますます甘え声をあげ、身を寄せてくる。もったりと量感のある乳房が、楠田の胸で潰《つぶ》れた。

手は楠田の腰をつかんできた。

そうして密着した下半身を、テンコがさらに大きく揺すりだす。

「くっ……」

幼子が甘えるようでありながらも、情動の籠もった女の動きに、欲望が否応なく高まっていく。分身はこれ以上ないほどに勃起しきり、鎌首が彼女の下腹にめり込んでいる。

テンコがいっそうの密着をせがむように、楠田の脚の間で太腿をにじりあげてきた。

華奢でたおやかな感触が、楠田の内腿を擦り、陰部まで這いあがってくる。

こわばった男根が、彼女の恥丘と腿の付け根に挟み込まれた。

「は、ン……あ……」

テンコの喘《あえ》ぎが深くなる。腰の動きも速さを増す。ときおり腰全体を大きくくねらせ、陰核にあたるだろう箇所で、張りつめた男根の裏筋を練り込んでくる。

恥骨の感触が、根本を擦りあげた。

びくびくっと胴肉が脈を打った。

先端が先走り汁を漏らし、バミューダパンツの内側をじっとりと濡らしている。

欲情が火のように渦巻いている。たまらない。

テンコは頬を上気させ、楠田の胸に熱い息を放ち続けている。腰にしがみつく手も汗ばみ、爪を立てている。

「ン、ン、はぁ……あぁ……」

「う、あ……」

後頭部に添えた手で、長い髪を握りしめた。

楠田の腰も動きだしていた。

「あぁ……」

テンコはますます艶冶《えんや》な声を放つ。

唇を彼女の額に押しつけた。ほつれた前髪に鼻先が埋まった。花のようなシャンプーの香りと、その奥の頭皮の匂いが入り混じり、鼻腔を甘くくすぐった。

匂いが肺におりてくる。女の匂いが全身を満たす。

互いの律動が速くなる。熱を溜め込んだ陰部が激しく揉み合った。

快感が狂おしく充満し、いまにも皮膚を突き破りそうだ。

「んっ、くっ……」

「はぁ、あン……くふっ……」

テンコの喘ぎが、切羽詰まった響きを放ちだした。

「イキそうか……?」

唇を頬にすべらせ、額と額をつけて訊いた。

テンコが唇をわななかせて頷《うなず》いた。

「ン……ン……」

その顔は泣きそうに歪み、火に炙《あぶ》られたように赤く染まっている。

乱れた息が交錯した。

キスしたい衝動が湧いたが、彼女の切迫した呼吸を邪魔してはいけない気がした。

「イケ、このまま……」

ぴったりと重なった胸で、互いの鼓動が猛烈に胸壁を叩き合っている。

テンコは汗にすべる手で楠田にすがりつき、ひたすら腰を擦りつけてくる。

絡まる脚に汗が滲んでいるのを、湿ったジャージごしに感じる。体温の高い裸足のつま先が、楠田のひかがみを強く摩《さす》っている。その姿は懸命に絶頂を求めている。

「イケ、テンコ……」

楠田の全身も汗で粘っていた。

乱暴なほどに揉み合う陰肉で、射精感が満ち満ちている。欲望がどくどくと太い脈を打っている。

「あ、あ、あ……」

テンコが楠田の腰に爪をたて、身体を屈《かが》めだした。まるで胎児のように身体を丸め、快感を腹に溜めている。

どんな表情をしているのか、楠田は頬にかかったテンコの髪を耳に流した。

ぎゅっと瞑《つむ》った目。充血した頬。切迫に喘ぐ唇。火照《ほて》った首筋に汗粒が浮いている。

豊満な乳房の谷間でも、汗溜まりが光っている。テンコ自身の動きと、楠田の衣服ごしの振動で双丘が揺れ、汗が雫《しずく》となってふた筋、三筋、豊乳の稜線を伝い落ちた。盛りあがった乳肌に、サンゴのような静脈が透けている。

楠田は腰を動かし続けた。

布ごしのもどかしさが苛立ちにも似た激情を滾《たぎ》らせる。絶頂感がマグマのように男根中で蠢いている。皮膚を破り裂きそうな興奮を、テンコの陰部にひと際強く擦りつけた、その瞬間、

「あぁっ……」

テンコが全身を痙攣《けいれん》させた。

半開きになった口が、唇をわななかせ、息を止めた。

直後、楠田の分身から背筋にかけて、凄まじい喜悦が衝《つ》き走った。

「うっ……」

灼熱の液体が肉塊を膨張させ、尿道を焼いて噴出した。

「う、あぁぁ……」

「あぁ、あ……」

どくどくと、噴出が止まらない。テンコは余韻にくねる腰を、なお擦りつけてくる。

荒い息を吐き、楠田は汗ばんだテンコの身体を抱きしめた。

バミューダパンツの中で、楠田の分身は放った愉悦にまみれ、まだ硬度を保っていた。

テンコも欲しがる動きで、いつまでも下半身をくねらせていた。

＊

なに、これ……

目が覚めてしばらく、テンコは見開いた目だけを動かしていた。

視界を塞《ふさ》いでいる、この平べったいものはなんだ。

間違いなく人間の身体だ。裸の男の胸だ。

胸は静かに呼吸して動いている。寝息が自分の額にかかっている。

誰、これ……

混乱する頭で、状況をつかもうとした。自分は男の腕まくらで寝ているらしい。

どちらの身体にも布団がかかっている。その上から男の腕が、テンコの二の腕に乗っかっている。

なんなの、これ――！

息を殺して身を起こした。男の腕をどかし、かけ布団を自分の分だけ剝いだ。

着ているものは昨夜のままのタンクトップにジャージ。ブラジャーもホックがしっかり留まっている。ショーツは、なにか気持ち悪い感じがするが、穿いている。大丈夫だ。大丈夫だと思いたい。考えるよりも先に、まずはここから抜け出そう。

そろり、そろりと腰をあげ、男の下半身をまたいだ。

ギシリとベッドが軋《きし》み、「んん……」男が声を出す。

心臓が痛いほど縮こまった。男を見る勇気はない。お願い、起きないで。

狭いベッドからすべり落ちそうになりながら、なんとか床に着地した。

カーテンから漏れる光が、六畳ほどの室内を照らしていた。

黒いカラーラックもグレーのビニール製のクローゼットも、いかにも男のひとり暮らしの部屋っぽかった。全体的に安物っぽい家具の中で、液晶テレビとパソコンのモニターだけはやけに大きい。もっと異様なのは、床に散乱している大量のディスク類だが、え、このパッケージって……

悲鳴をあげそうになった。目につくディスク類のすべてがAVだった。

待って。昨夜は私、どうしたっけ。柚寿と飲んで、途中で帰って、帰りにコンビニに寄って……そうだ、それから男ふたりにしつこく誘われて――

ベッドの男に振り向きかけ、否、と顔を戻した。この凄まじいヘンタイかもしれない相手と、この怖ろしい事態を正視する気力はいまの私にはない。

考えるのはよそう。そうだ、それより私の鞄とパーカーは。

見回すと、鞄はローテーブルに置かれていた。良かった、スマホも財布も無事だ。パーカーは窓にハンガーで吊るされていた。手に取ると、なぜか湿っていた。原因は、うん、考えないでおこう。

鞄とパーカーを抱きしめ、足音を忍ばせて玄関に向かった。

小さな三和土《たたき》で、男物の薄汚れたクロックスがバラバラの向きで転がっていた。その横で自分のサンダルは、きちんとドアを向いて並んでいた。

足を差し込んだところで、またベッドから「ううん」と声がした。心臓が引きつって破裂しそうだ。

慎重にドアノブを回し、外に出た。アパートの二階だった。小雨が降っていた。音をたてないよう、そっとドアを閉め、あとは一目散にアパートの外階段を駆け下りた。

周囲はまったく見憶えのない住宅街。どの方向に行けばタクシーをつかまえられるのかわからない。自分がどこにいるのか知りたくもないが、スマホの地図アプリで位置を調べるしかない。と、そこへ空車のタクシーが角を曲がってきた。なんという僥倖。

「すみません、乗せてください！」

パーカーを振り、叫んだテンコはほとんど涙声だった。

開いたドアから飛び込み、「永福町まで、お願いします……行き方はおまかせします！」

運転手にそれだけ言うと、両手で顔を覆い、手のひらで懸命に深呼吸した。

4

風呂上がりの髪を拭きながら、柚寿はマットに腰かけ、スマホを立ち上げた。するといつの間に起きていたのか、背後から錠が「どうしたぁ」と、腰に腕を回してくる。

錠は腹から股間にタオルケットをかけている以外は真っ裸。夏になるといつもこうだ。柚寿は身体にバスタオルを巻いている。

「テンコよ。ゆうべからラインをふたつ送ってるのに、まだ既読にならないの。なにかあったのかなって心配で」

「なにかなくても、読む気分じゃないときってあるだろ」

言いながら、錠がバスタオルをまくろうとしてくる。

「こら。私は真面目に心配してるの」

剝がされないよう両腕を締めた。

「あの子だったら、今日中には返事をくれるよ」

「やっぱり失敗したな。昨日、あの子が帰るって言いだしたときに、『あ』って思ったんだ。でもなんか引き留めていいのかわからなくて、結局、そのまま見送っちゃった」

「俺も」

「電話したらウザいかな。無事かどうかだけでも確かめたいんだけど」

「したけりゃすりゃいいじゃん」

タオルを剝ぎ取るのを中断し、錠がおでこで背中を叩いてくる。

「おまえがテンコちゃんの気持ちを想像するように、彼女もしてくれるから。けど人にはそんな余裕がないときだってあるし。そしたらウザいって思われても仕方がねえし。おまえはおまえで本音を伝えるしかないだろ」

「うん……」

ふだんの錠は断定口調のときほど当てにならず、柚寿もなにかあっても自分で答えを出すほうなのだが、たまに正論でもない思いつきの彼の言い切りに、納得というか、すとんと安心することがある。

「よし、夕方まで返事を待つ。それ以上は私が限界だから、電話する」

「じゃあもうちょっと一緒に寝ようぜ。はい、こっち来て」

腰を抱き寄せられ、柚寿も彼の隣に寝転がった。

腕まくらをされて、タオルケットをかけられ、柚寿は結局、自分でバスタオルを剝いだ。仰向けに寝る錠に素肌をぴったりとくっつけて、腕と脚を絡みつかせる。

錠が柚寿の頭をぽんぽんとし、また目を閉じた。カーテンから漏れる淡い陽だまりの中、その横顔を柚寿は見る。

自分がシャワーを浴びた後だと、錠の匂いをいつもより濃く感じる。煙草の煙とアルコールと、ときには音楽スタジオやライブハウスの埃《ほこり》っぽい匂い。そこに、最近は中年独特の体臭も加わってきた。少し焦げ臭いような、鼻の奥がくすぐったくなるようなこの匂いが、柚寿は嫌いじゃない。

間近で見る彼の顔は、無精髭には白いものが交じり、頰は毛穴や皺が目立ちはじめている。若い頃からの彼のトレードマークであるパイナップルヘアもいまは乱れて、トウモロコシのヒゲのようにほわほわとシーツに広がっている。格好悪いったらないよね。柚寿は小さく吹き出した。

窓の下をトラックが通りすぎた。振動で鉄筋三階建てのアパート全体がミシミシと音をたてて揺れた。

「小雨が降ってるってのに大変だなぁ」

錠が目を瞑ったまま言う。

「梅雨の間は工事が滞りがちだもんね。今度は駅の近くに大型マンションが建てられるんだって。隣には保育園もできるみたい」

六年前、錠と暮らしはじめた当時のこの町は、駅の向こう側だけが栄え、こちら側は、短い商店街を抜けるとところどころに畑が広がっているようなのんびりとした地域だった。

それが二、三年ほど前からファミリー層向けのマンションやスポーツジムが建ちはじめ、錠とよく行っていた蕎麦屋は二十四時間のチェーンスーパーに、散歩がてら何度かのぞいた時計屋は洒落たシュークリーム専門店になっている。

景色がどんどん変わっていく。この2DKの部屋も、柚寿の本棚がひとつ増え、エアコンや電子レンジは新しいものに買い換えた。代わりに扇風機や錠の古い音楽機材など、消えていったものもある。

だけど変わらないものだってある。たとえばふたりが寝ている、このダブルベッド用のマット。六年前は、そのうち余裕ができればベッド本体も買う予定でいたのが、なんとなく床に直接敷いたままになっている。ふたりともこの低さが落ち着くのか、寝床というよりは巣といった感じで、ときには錠が煙草の灰を落としながらギターをシャカシャカと鳴らしたり、柚寿が寝転がってノートPCを打ったりする場所になっている。

錠はまた寝入ったようで、鼾《いびき》に近い寝息をたてはじめた。

柚寿はちょっと思いつき、タオルケットをまくった。想像よりも元気に朝勃ちしている。勃起率七割くらいといったところだ。

亀頭をつまみ、そっと腹のほうに裏返した。指を離す。陰茎全体がぶるんぶるんと斜めに揺れて、元の位置に収まった。

もう一度、同じことをする。裏返された陰茎は、同じように斜めに揺れて、元の位置に戻る。

「なにやってんのぉ……」

錠が寝惚け声を出した。

「やっぱりチンコって、斜めに揺れるのね。この前ね、手コキのシーンで『屹立《きつりつ》が斜めに揺れた』って書いたら、出版社の人から『上下、もしくは前後では?』ってチェックが入ったの」

「それでいいんじゃないの?」

「違うの、見てて」

半生キャラメルみたいなペニスを、またつまんだ。錠が「んん?」と首を上げて見る。手をはなす。ぶるんぶるん。斜めに揺れる。

「ね、私の知る限り、みんなこうよ。たぶん玉の大きさが左右で違うから、チンコが重いほうに引っぱられて斜めに揺れるのよ」

　そう言って今度は、陰嚢《いんのう》を手のひらで掬《すく》い、左右を交互に転がしてみせた。錠が肘で上体を起こし、つぶらな目を見開いた。

「ほんとだ。金玉も左右ですっげえデカさが違う。え、ここまで違うの？　みんなそうなの？　俺、知らなかった。ほんとすっげえ違う」

「自分のは格好良く上下に揺れてると思ってたでしょう。そういう意味では『上下、もしくは前後』で正しいんだろうけど、男って、もうちょっと自分のチンコと向き合っていいと思う。精液だって、女のほうがよっぽど直に触って口に入れてる」

「それを言ったらおまえだって、自分のここを舐めたことあんのかよ。飲んだことあんのか。俺はあるぜ。たっぷりあるぜ」

　と、錠が柚寿の性器に、指先で触れてくる。

「ン……」

　あっけなく甘え声を出してしまい、そんな自分に笑った。

　確かに女のほうが自分の性器と向き合っていないかもしれない。だって女の性器は奥まっていて複雑な形状をしているんだもの。匂いだってろくなもんじゃない。

　こんなにグロテスクで匂いも微妙なものを、花のようだなんだと崇める男たちを見ていると、南国のラフレシアという花と、その花に吸い寄せられる蝿を思う。ラフレシアは一週間履いた靴下や汲み取り便所のような悪臭を放つ花だ。姿も糜爛《びらん》した屍肉のような色と形状をしている。ほとんどの昆虫は近づきもしない。

ただ蝿だけは違う。蝿だけはラフレシアの香りに吸い寄せられ、蜜を吸い、結果的に受粉の媒介者となる。

女の性器がグロテスクでろくな匂いを放たないのは、どうでもいいほかの虫を排除し、自分にとっての一匹の蝿を見つけるためなのだ。一見は薔薇のような姿と香りで数多《あまた》の虫をおびき寄せながらも、最後にグロい本性を現して、相手がその一匹の蝿かどうかを見極める。そのためにあえてこのようなグロい性器を持っている、という努力を一応、人間の女はしているのだが、実際は男のほうに免疫ができて、無節操な性欲がグロテスクに勝っているのが現状なのだ。

「なんだよ」

笑いの止まらない柚寿に、錠も顔中に笑い皺を刻んでいる。

「だって」

柚寿も錠のペニスを握り、肉肌をやんわりとさすった。

おかしい。それまでの柚寿の男たちのように短期間ならともかく、もう六年間も柚寿の蝿になっている錠とは、とっくに裸もなにもかも平気で見せ合う関係でいる。トイレにだってたまに一緒に入り、冗談で介護の練習だとペニスを持っておしっこさせたりもする。ここ二年くらいはセックスも週に一度するかしないかで、だが互いに乗れば一日に二回も三回も頑張って、それはセックスというよりも耐久レースのようで、そんな男女としての色気には欠ける、馴れ合った関係でいたのに。

最近はまた、出会った頃のように、錠に触れられると、一瞬で身体が変わってしまう。

錠が身を起こした。柚寿の脚を開き、間に入った。

V字に開かれた太腿の内側に、ほわほわとくすぐったいトウモロコシヘアが触れる。

性器に吐息がかかる。女陰全体がひくっと収縮する。ざらついた舌先が秘唇の脇を舐めあげた。

「あ……」

シーツをつかみ、息をひそめて、柚寿は錠の舌に集中する。

煙草で荒れた舌肉が、肉唇の裾野を伝い、畝にのぼってくる。

脚がひとりでにまた開く。

舌先は肉畝を上下しながらちろちろと躍り、裂け目の縁におりてくる。ほんのわずかな距離の移動なのに、そのたびに腰と脚がびくっ、びくっと反応する。

舌先が粘膜に触れた。躍るような動きが止まり、内部の感触を確かめるように、先端をかすかに埋もれさせる。

「あ、はぁ……」

柚寿の手がひとりでに下腹に這い、子宮を押さえるように爪をたてる。

腰が舌の動きを欲するように浮きあがっていく。

最初はざらついていた舌の感触が、錠の唾液か、それとも柚寿のものか、粘液をまとい、徐々になめらかに滑りだす。

縦裂を内側から押し拡げるように、舌肉をさらに埋め込んでくる。

「ンッ……錠……」

腰をひくつかせ、柚寿は口元に手を当てた。あっけなく本気の声を漏らしたことが決まり悪くて、中指を噛んで声を抑える。

「すげえ濡れてる」

粘膜の内部を上下にねぶり、錠が愛おしそうな声で囁《ささや》く。そしてまた舌を挿し込み、さらに舌の付け根まで奥深く侵入させてくる。

「あっ、あ……」

ひくひくと痙攣しながら、我知らず脚が開いていく。媚肉をまさぐる錠の舌をもっと迎え入れたくて、尻もシーツから離れるくらいに浮きあがる。

錠は片腕を太腿に回して支え、もう一方の手指を、内腿の付け根にできたくぼみの筋に這わせてくる。

「はぁぁっ……」

ささやかな感触でも、敏感になった肌には、腰全体が震えるほどの快美な微電流となって注ぎ込まれる。

舌がうねりだす。蜜肉を内部から練りあげるように上下し、喜悦の波を流し込んでくる。同時に、指先が秘丘を辿《たど》り、過敏になりきった秘唇の裾野をなぞりはじめる。

「あぁ……ン」

柚寿は口から指を離し、枕をつかんだ。なにかにつかまっていないと快感に耐えられそうにない。でも口から手を離すと声が漏れてしまう。安アパートの壁は薄い。混乱する。

「工事の音で聞こえないよ」

柚寿の動揺を見透かした錠が笑った。その吐息のあたたかさが、陰部全体を快感の粒子で包み込む。

舌を抜かれて淋しくて、柚寿は腰をねだるように動かして応えるしかない。

「おまえが感じてるのが伝わってくる」

「ん……」

泣くような甘えるような声で頷くと、錠が指を二本、陰裂に潜り込ませてきた。

「あぁぁンッ……」

すでに蕩《とろ》けている蜜肉が、太く輪郭のしっかりとした塊に、快感を弾けさせた。

奥まで喰い込んだ指先が、天井部の一点を擦りあげる。

「あ……そ、こ……」

「知ってるよぉ、ここだ」

柚寿の感じる一点を、錠は悔しいくらいに把握し、ぐりぐりと責めてくる。

もともと指は長いほうではなく、どちらかといえば節くれだった無骨な指だ。それでもギターのために伸ばしたり反らしたりのストレッチは欠かさず、いまも数日に一回は爪を深爪するくらいに切ってヤスリをかけている。楽器のためだとはわかっているのに、柚寿は錠が爪にヤスリをかける姿を見るたびに、触れられることを想ってここを疼かせてしまう。

深爪した指の先端が、感じる膣肉の一点を激しく抉《えぐ》り抜いてくる。

「あぁ、あぁ……」

声が漏れる。外ではまだ登校中の児童も歩いていそうな時間。ふたたび口元を手首で押さえる。

指先が、ぐりりと天井部を抉った。

「あっ……！」

腰が弾かれたように突きあがった。

「はぁっ……」

一瞬だった。自分でするときはイキそうな感覚がわかるのに、好きな男にはわけのわからないうちに絶頂まで持っていかれる。

「あ、あ……」

好き。もっと欲しい。指じゃ足りない。あんたのおっきな興奮の塊が欲しい。

「錠……」

手を差し伸べた。そのときだった。

また、窓の下をトラックが通り過ぎた。窓ガラスがびりびりと鳴り、マットが小刻みに揺れた。

「……んもう」

現実に戻り、一気に照れ臭くなった。

錠も「ふは」と笑い、隣に戻ってきた。

照れ隠しに、柚寿はふざけるように彼のペニスを握った。

「俺のはまだ硬いよぉ」

道半ばの男根が、手のひらで大きく反り返っている。

錠の指もまだ柚寿の中に入っていた。その指を静かにうねらせながら、目尻に笑い皺を刻んで柚寿を見つめている。

「今度の仕事で金が入ったら、もっといい所に引っ越そうぜ。ベッドもちゃんとしたのを買いたいな」

「私はここが好きよ。小さい頃はこれくらいのところに、家族五人で住んでたし」

「そういやおまえ、海外行ったことないんだっけ。落ち着いたらどっか旅行しね？　服とかアクセサリーとかも買ってやりたいな」

バブルの余韻がまだ残る時期にミュージシャンとしての絶頂期を迎えた錠は、いまだに女を喜ばせるのはカリブのビーチだのニューヨークのティファニーだのと思い込んでいる節がある。

「なんにもいらない」

柚寿は、錠の男根に絡めた指をスライドさせた。

「私はなんにもいらないよ。いっこだけ、もらえるものがあれば」

「え、なに」

「ビビってる？」

「ビビってねえよ、なんだよ、言えよ」

「子供が欲しいんだ」

柚寿の中で、錠の指が止まった。

ああ、やっぱり。

柚寿は目の前の、驚きを浮かべるつぶらな目を見つめた。

「いやならいいよ。子供はずっと昔から欲しいと思ってたの。べつに誰の子でもいいんだけど、重荷じゃないなら、やっぱあんたの子がいいかなって」

「いや、いやというわけじゃないけどな、おまえな」

錠の分身が、みるみる正直に硬度を失い、ふにゃりと頭《こうべ》を垂れていく。

女唇から指が抜かれた。その手がペニスを握る柚寿の手を覆い、離すように促してくる。

柚寿はますます強く肉茎を握りしめた。

「おまえ、俺が幾つなのか知ってるだろ」

「齢は関係ないでしょ。あんたなんかぜんぜんイケるよ」

「仕事だって、どうなるかわかんないし」

「どうなるかわからないのは、この仕事をはじめたときからそうだったでしょ。それでも前の奥さんたちとは子供をふたりつくって、養育費だって払ってきたんでしょ」

「あの頃は俺……ああ、そうか、いまのおまえと同じくらいの齢だったわ」

錠はひとりで納得し、今度は柚寿からも手を離して自分のぼさぼさの髪を搔いている。

「まあ、下の子の学費はおまえにも助けてもらったよな。っていうか、おまえがいたからなんとかできた」

「だからあんたは運がいいのよ。付き合って一年後に私の収入が爆上がりしたんだから。逆に言えば、私にとってもあんたはアゲチンなのよ」

「それは俺も思う」

「でも私は、たとえかつかつのライターのままでも、あんたと暮らすために必要なお金はつくってたよ。これからもそうだよ。またいつでもお水やるし、資格とか取るし、なにをしてでも稼いでくよ」

「柚寿な、おまえのそういうところ、俺はわかってるつもりだけどな」

「私はどっちでもいいよ。あんたがくれないんだったら、よそからもらうよ。お金を出せば買えるものなんだし。どのみち私はつくるよ」

「ああ、もう、じゃあそうしろよ」

「キレるんだ」

「キレてねえよ。だって買ったやつのほうが上等なんに決まってるよ」

「だけど、安くつくほどモチベーションが上がるってのが、私なんだよね」

「だから、そういう言い方するなって」

錠が覆いかぶさるように上に乗ってきた。そのまま柚寿の首筋に顔を埋《うず》め、じっと動かない。

柚寿は鼻の奥がツンとなる。錠の背に手を回し、乾いた肌のぬくもりと重みを抱きしめた。やっぱりこの人も怖いのだ、と思う。

このところの錠は、ときどきひとりでジョギングをしている。柚寿には内緒にしているつもりらしいが、洗濯機に汗だくのシャツが放り込まれているのでわかってしまう。スニーカーも脱いだまま放置しているから、錠の見えないところで柚寿が消臭スプレーをかけて天日干ししている。

以前からステージで歌う人間として身体を気遣う人ではあったけれど、どちらかといえばやるときはやる短期集中型で、全般的にはズボラのほうが勝ちやすい成り行きまかせな性格でもあった。少なくとも柚寿の知っている錠は、ルーズな無頼を装うことで格好をつけたがる昔タイプの男だった。それがストイックに身体をつくりだし、酒も煙草も控えるようになったのは、人気の若手ミュージシャンであるユートとの大きな仕事が決まってからだ。さらにその仕事に向けての地道な努力を、柚寿にも誰にも知られないようにしている。

若い頃にミュージシャンとして売れ、その後、三十代で仕事が激減。三十代半ばから五十二歳のいままで、生活を支えているのはアルバイト。現在行っている、ひと月に一度のライブの上がりは、どれだけ客が入って盛り上がろうと、ほぼバンドの運営費に消え、翌日からはまた作業服を着て清掃仕事に向かう。どこかの会社のトイレの朝顔を拭きながら、頭に浮かんだメロディを口ずさむ。そんな音楽バカの末路ともいえる彼の人生に憧れる人はそういないだろうけれど、彼の音楽を愛してやまない人は大勢いる。なによりも彼自身が音楽を愛し、大好きなロックを演り続けている。ロックを演るのが彼の人生そのものになっている。どうしようもないのだ。どうしようもなさをまっとうする彼の生き方は最高に格好良くてロックだと思う。

だから、いまさら変化など求めていなかったのだ。変化が起こるとも思っていなかった。この六年間、柚寿と錠はそれなりに楽しい日々を過ごしてきた。毎日、柚寿はこの部屋でパソコンに向かい、気晴らしがてらに料理や洗濯をし、錠の休みの日はふたりで散歩ついでに買い物に行く。たまに奮発して新鮮な刺身を買い、なのに帰りしなに居酒屋の前を通るとつい入ってしまい、一杯のつもりが本格的に飲みはじめて、翌朝、二日酔いで目覚めればテーブルに野菜や米と一緒に放置されている刺身のパックを発見し、まあいいや、煮物にしてみよう、イケたね、乾杯、というような、なんでもなくて、特別なものも必要のない、ふたりだけのなだらかな生活を送ってきた。

その生活に変化がもたらされている。そうしていまの錠は焦っている。もしも沖に上がって、沖での生活を取り戻していた浦島太郎が、ふたたび竜宮城に呼び戻されるとすれば、似たような焦燥と動揺を抱えるのかもしれない。

本当の生活とはどこにあるのだろうか。二度目に海に潜る浦島太郎は、初めてのときのようには夢中になれない。乗っていさえすれば運んでくれる亀が足元にいるのかどうかも確信できない。若い頃のようには動いてくれない腕に、掻き分ける水の重みを感じながら、ひたすら懸命に役割をまっとうしようと、海底に潜っていくしかない。たとえバンドメンバーがいようと、ステージで彼らと一心同体になる一瞬とは、彼らそれぞれが培ってきた孤独な水流の分水嶺であり、水流が深く激しいほどに華やかな飛沫《しぶき》をあげるのだ。彼らはそのことをよくわかっている。だから錠はたったひとりで孤独や不安と闘っている。

「おまえみたいないい女が、なんで俺なんかと付き合ってんのか、ほんと不思議。マジでなんの得もしてないと思うよ」

錠が柚寿の首筋に顔を埋めたまま言う。

「確かに。子種さえケチられるなんて」

「さえって言うな」

「でも、なんの得もなくても、あんたがいいんだよ。ずうっと一緒にいたいんだよ。得も損もなく、ただ一緒にいたいって気持ち、それって、愛としか言えなくない？」

我ながら、本音を言うときほどそっけない口調になってしまう。でも、なかなか頑張って可愛いことを言っている。

錠と暮らすこのアパートが自分にとっての竜宮城なのか、それとも現実世界の沖なのか、実は柚寿もよくわかっていない。錠との生活があまりにも居心地よくて、それ以前の自分がなにをどう考えて生きていたのかもよく思い出せないくらい幸せボケしているようで、いま突然訪れたこの変化に、うまく対応できないでいる。もしかすると錠と出会う前の自分は、あまり幸せではなかったのかもしれない。先のことを考えれば考えるほど、いま以上に満ち足りた日々を得られる気がせず、理由もわからずに、なにか大きなものを失いそうな不安に苛《さいな》まれてしまい、だったらごちゃごちゃ考えずに正直な気持ちを伝えるしかないというのは、さっき錠本人が言ったことじゃないか。

「錠、あんたの子供が欲しい。私の人生の一大決心を、あんたでつけさせてよ」

錠が柚寿に乗っかったまま、耳元でぐすっと洟《はな》をすすりはじめた。

シリアスな雰囲気になるのは困る。淋しい本音は言いたくない。

「それにね」

ほわほわと頬にかかった金髪を掻きあげ、柚寿は錠の耳に囁いた。

「子供をつくるんなら、中出しできるよ」

「……イエイ」

錠が呟いた。

柚寿も大声で「イエイ！」と叫んだ。ふたりで身を起こした。

「なっか出し！」「なっか出し！」

涙目の彼にキスをした。唇が笑ってしまって、うまく重ならない。

錠をマットに座らせ、その膝をまたいだ。陰茎を支え、自身の女肉に触れさせる。

分身全体はまだ半生っぽいが、亀頭を秘唇のあわいで摩ると、徐々に頭をもたげだす。皮膚が丸く張り詰め、肉傘が大きく張り出してくるのを、膣粘膜で感じる。

「私の竜宮城に、入っておいで」

「ヤッてる最中に比喩はやめて」

錠はまだ笑っている。

柚寿もその唇にキスしながら、張り詰めた亀頭を秘唇のあわいにあてがった。

もう、どんな角度で腰を沈めれば真っ直ぐ挿入できるか、お互いにわかっている。

腰を埋めた。肉傘を開ききった露頭が、女肉にめり込んだ。

「あっ……」

錠の肩にしがみついた。

甘く鋭い痺れが、下腹を充満する。快感が急速に高まっていく。

挿《はい》っているのはまだ、エラのくびれまでだ。

肉の輪郭を感じながら、野太く硬い芯を呑み込んでいく。

熱い肉肌が、膣粘膜を押し広げる。内部がひとりでに収縮する。硬い表皮が、膣襞を狂おしく逆撫でし、快感の潤みを滲み出させる。

「んっ……」

根元まで埋まった。

一体となった感覚をじっと味わっていたい。そのくせ自然と腰がくねりだしてしまう。女肉の感覚で、錠の硬い輪郭を感じたくなる。

繋《つな》がったふたりの間で互いの陰毛が擦れ合い、じょりじょりと卑猥な感触を寄こしている。

ずくん、と快美感が下腹を走った。

「はぁっ……」

肺が息を放った。吐ききった直後、錠が腰を突きあげた。

「ぁ……ッ」

　空気の抜けた肉体に、喜悦の塊が打ち込まれた。

「うっ、は……うっ……」

　錠が荒い息を吐き、二弾、三弾と快感の塊を撃ってくる。

「待って……あっ……」

　ずるい。女がまたがっているのに、下で腰を動かすだけで、これだけの威力を放つだなんて。

　癒着した肉と粘膜が、峻烈《しゅんれつ》な喜悦に痺れあがっていく。股間部が密着しているから、膣肉を擦るというよりも、内部を力強く練りあげられる感じだ。

　錠の形のままに、子宮がひしゃげていく。内臓も頭もなにもかも、錠の分身の熱い輪郭に支配されていく。

「あ、あ、んん……っ」

　柚寿も腰をうねらせた。それは錠の律動と少しもずれはせず、快感の威力がなお深いところに押し迫ってくる。

　ぐちゅ——繋がる陰部で濡れ音が響いた。

　錠を抱きしめ、背中に爪を喰い込ませた。音も漏らさないほどひとつに溶け合っていたい。

錠も両手で柚寿の腰をつかんでいる。

「はぁ、はぁ、あぁぁ……」

キスしたい。裏腹に身体が自然と反り返っていく。

錠が首筋に顔を埋めた。耳とうなじの間に痛みが走った。

もっと嚙んで。あなたの跡をつけて——

錠の髪に指を挿し込み、後頭部を掻いた。

顔を屈ませた首の付け根に、浮きあがっている骨の形までが愛おしい。彼の匂いが濃厚に鼻腔を満たす。

両の乳房は彼の胸板に押し潰されている。揺れる振動が、乳輪にめり込んだ媚芯にまで甘美な痺れを与えている。

「あ、あ、あ……もう……」

渾身の力で錠を抱きしめた。

「いくぞ……！」

押し詰まった声をあげ、錠が突きあげの速度を増した。

攻め入る衝撃の凄まじさに、柚寿の全身がいっそう弾む。

みっちりとひとつに繫がった内部で、鋼のような肉塊が、媚肉の一点を打ち抜いてくる。

「あぁ、こ、れ……」

泣き声を放った。そう、この角度がいちばん感じる。

それだけではなく、錠は腰全体を回し、柚寿の内部のあらゆる場所を抉り抜いてくる。

「すごい、あぁ、あぁ……！」

嵐のような快感に翻弄されながらも、柚寿も錠に応えたくて腰をくねりあげる。

「あぁ……っ」

錠が嗚咽《おえつ》を漏らし、歯を食い縛る。

柚寿の目から涙が零れる。こんなにも互いの感じる場所とやり方を知り尽くした錠とはもう、完全に肉体の溶け合ったひとつの塊になっている。感じれば感じるほどに、ふたりではなく、ひとりになる。だから淋しい。

揺れて涙に霞《かす》む視界で、柚寿は錠を見た。

先刻まで冗談めかした笑顔を浮かべていたのが、いまは切迫した愉悦に歪みきった、男の顔になっている。

「なに、泣いてんだ……」

荒々しく腰を振りながら、錠が柚寿の顔に手を伸ばす。

柚寿は唇を嚙み、首を横に振った。

「錠、好き……」

「俺もだよ、大好きだよ」

見つめ合ったまま、上半身を離し、互いにイクための角度になった。

錠が柚寿の腰をしっかりとつかみ、いっそう苛烈《かれつ》に腰を振り込んでくる。

上体を離したため、癒着した陰部で、黒紫色の男根が凄まじい速度で出し入れされているのが見える。

官能の杭を打ち込まれ、全身に亀裂が入っていく。肉体がばらばらになっていく。乳房が痛いほどに揺さぶられている。感覚がどこかにいってしまう。

いやだ、ここにいたい。あんたと繋がっているここだけに私を留めたい。どんなにばらばらになっても、ぜんぶ掻き集めて受け止めてよ。

「お願い……」

絶頂感の高まる中、柚寿は唇を震わせた。

「私の中で、イッて……」

マットが揺れ、部屋が軋む。窓の外のことはもう考えられない。これは自分たちの振動かもしれない。だったらこのまま、この部屋ごと崩れ落ちたっていい。

「柚寿、俺、イクぜ……」

「うん、うん……あんたのぜんぶを、ちょうだ……」

火花のような衝撃が、声を奪った。ひと際激烈な弾丸が、子宮を撃ち抜いた。

快感の塊が、腹部から心臓を貫き、脳天を突き刺した。

全身が弓なりに仰け反ったまま、柚寿の息が止まった。声も出ない。絶頂感だけが身体中を満たして、麻酔にかけられたように痺れて意識が薄れていく。

肺は呼吸をやめているのに、繋がった器官の振動が胸を揺らし、喉が空気を抽送する。

「うう、あ……」

錠の動きも止まる。顔を皺くちゃにしかめ、息も止め、柚寿が呑み込んでいる分身だけが、ドクッと地鳴りのような脈を打つ。

絶頂感のさなかで、柚寿は愛しい男の熱い肉体を掻き抱いた。

第二章

1

「中出しって、私はいまいち、よくわからないというか……」

編集部の打ち合わせ用のソファで、テンコは消え入りそうな声で言った。テーブルの下では、右手の指先で左手の甲をひっきりなしにさすっている。

「ええ、はい、ええ」

正面で、にこにこと三秒に一回くらいの頻度で頷き続けているのは、担当編集者の甲坂正喜《こうさかまさよし》。

「その、女性の膣というのは、出産のために奥のほうほど無感覚にできているんです。そこに数ccの液体を放たれても、ちょっと気づかないというか、今回はそういうの、できれば避けたいっていうか……」

「ええ、はい。紫城さんのおっしゃることは、よくわかっているつもりです」

わからなくていいんですよ、私の言ってることなんて。

「……はい……」

手の甲を爪で引っ掻いた。

いったん引き受けておきながら、打ち合わせでぐちぐちとごねるだなんて、情けない。心苦しい。だけど書けないものは書けない。

甲坂は大手出版社のベテラン編集者。テンコがデビューした当時は官能小説のみの担当だったが、いまは主にミステリー小説の部署で働きながら、ときおりこの出版社の出すサラリーマン向け週刊誌での短編を依頼してくれる。

三十代後半。子供は小学生の娘と息子がいる。今日も清潔感のある青藍色のカットシャツ。クラシカルなセルロイド素材の横長の眼鏡。目尻には目尻皺フェチの漫画家がこれぞ、という感じで描いたような二本の笑い皺が刻まれ、癖毛交じりの短髪では何本かの白髪が放置されている。

家ではいいお父さんなんだと思う。土日は原稿を見ていないようなので、柚寿などはこの人の金曜日の締め切りは、実質月曜日の朝の十時だと解釈している。

「紫城さんはいままでも、中出しシーンをお書きになってますよね」

甲坂は忍耐強く、京都のおたべちゃん人形かししおどしのような頷き動作を続けている。

「はい。でもそれは、女性読者を対象に書いた作品で……男性向けの女性キャラに生理も卵巣もないように、女性向けの男性キャラには精子がないんです」

BLなら男が男に中出しされて妊娠する。そういうことになっている。女性向けであればレイプでもアリだ。レイプは女がマグロで横たわっていれば、男たちがあれこれと気持ち良いことをしてくれる良いシチュエーションだ。両側の乳首をべつべつの男に責められる状況での、乳輪のつぶつぶが過敏に尖りたつ感覚や、うぶ毛が甘美に逆立つ快美と、ついに両側から乳頭を含まれる瞬間の、全身が痺れるような衝撃、練り転がされる舌からもたらされる、脳髄が蕩けるような愉悦に身を投げ出す描写だけで二十ページはいける。最後はどろどろに精液にまみれて、場合によっては泥や吐瀉物《としゃぶつ》や血などで汚れて、半狂乱で幸福に昇天させたい。

でも、男性向けの官能小説で、女性が断りもなく中出しされて感じるシーンは、もう読むのもいやだ。十七歳以下の性的シーンが、たとえ本人たちの同意による純粋なものでも規制されるのであれば、男の女への無断の中出しシーンも、重大な暴力シーンとして厳重に取り締まられるべきだ。

「ね、ルックスも性格もなにもかもがパーフェクトで、女性を気持ち良くさせてくれて、妊娠の危険もない。女性はそんな男性とのセックスを夢見ているんですよね。現実を忘れて没頭したいんですよね」

「はあ」

「まあ、男からすればそういうの読んでも、こんなやついるかよって思いますが」

ははっと甲坂が笑い、

「そういうふうに、男性も同じなんですよ。夢のような女性と、夢のようなひとときに埋没したいんですよ」

「……そうですね」

違う。少なくとも私は、男性に都合良く描かれて中出しまでされて感じる女性キャラを、こんな女がいるか、と歯を見せては笑えない。

ああ、なんでこの仕事を引き受けてしまったんだろう。おじさん向けの媒体でエロ要員扱いされながら、レイプも汚物も死ネタも書けずに一般向けの生ぬるい濡れ場を毎回毎回書くことのどこに、この苦痛と努力に見合う意義があるのだろう。

できればこの人のほうで私を切ってくれないだろうか……と、他人に行く末を預ける現実逃避妄想を抱くのが、自分の悪い癖ではあるのだけれど。

「頑張りたい気持ちはあるんです。でも、だったらこのシーンは、男性目線で書かせていただきたいなと……」

「男は、女性の本音の悦楽を覗き見したいんですよ」

ぞわっ――。ああ、そうですね、女が男向けに書いてあげたホンネをね。

「紫城さんなら、男性も女性も愉しめる作品を描けると信じていますよ」

自分が愉しいエロを女も愉しめると思い込んでいることこそが、男の幻想なのだ。

「はい……でも私、やっぱり、経験してないことは書けないっていうか……」

テンコがそう言った途端、それまで粘り強く頷き人形を続けていた甲坂の顔から、すっと笑みが消えた。

あっ――

「紫城さん、これは小説という作品ですから」

と言って、甲坂はまた笑顔に戻る。

「そうですね、はい……」

失言中の失言をした。なんでこんな馬鹿なことを口走ったんだろう。

「わかりました。頑張らせてください」

頭を下げた。両頰の髪が垂れ、冷えた珈琲の水面にかかりそうになる。

「楽しみにしていますよ。あ、それともう一点」

資料をまとめつつ、甲坂が思い出したように言った。

「昨年うちで書いていただいた短編を、ＡＶ化したいという依頼がきたのですが」

「ＡＶ……男性向けの、ですか」

みぞおちがまたぞわっとする。脳裏に、あの朝、見知らぬ男の部屋で見た大量のＡＶのパッケージが蘇《よみがえ》る。

「うちとしてはどちらでもいいので、おまかせしますよ。先方は撮影現場にもぜひ見学にいらしてくださいとのことで」

ぞわっとくればくるほど、断ってはいけない気になる。仕事とは、辛いことを頑張ることなのだ。

テンコは膝でスカートを握りしめ、頭を下げた。

「光栄です。そのお話、よろしくお進めください」


「だっ、だめです、奥さん……僕、昨日からお風呂に入ってなくて」

「わかってるわ。だから私が洗ってあげたいの」

白クマのぬいぐるみが茶グマのぬいぐるみにのしかかる。茶グマは身体をよじって逃げようとする。

「ぶっ、部長が起きてきちゃいます」

「だから大きな声を出しちゃだめよ。その可愛いお口は、何で塞がれたいのかしら？」

「や、やめ……困ります、わ、あ、あ」

「うふ、そう言いながら……」

白クマが茶グマの上で下半身をねじねじする。茶グマがビクンビクンと全身を震わせる。

「こんなので興奮しちゃってるの？」

「これは、そのっ……」

「いいじゃない、私も興奮しちゃ……」

パタン。二匹をパソコンの脇に伏せた。

駄目だ。このパターンは前にも使った。

ひとまずキーボードを打ちはじめた。

――だっ、だめです、奥さん……うふ、そう言いながら……

やはり途中で手が止まった。

椅子にもたれ、天井を見あげた。この前のシーンがフェラチオからはじめたので、ここはクンニからのスタートにしたいのだ。クンニ、クンニ……

ジャージの中に手を入れた。中指で、下着の上から性器を触ってみる。これはセレブ美人妻の女唇で、中指は童貞若手社員の舌。

「あぁ、すごい、感じちゃう……」

天井に呟きながら、もう一方の手を胸に這わせる。タンクトップの上から乳首を指の腹でさすった。

「あぁ……ここも触って、そう、もっと強く……あぁ、あぁ……」

さすっているうちに乳首が硬くなってきた。

胸元から手を、ブラジャーの下に潜らせた。乳房を鷲づかみにし、尖りだした先端を人差し指で転がす。

ジャージの中でも、中指を下着の脇から挿し入れた。ダイレクトに爪の先で、秘唇を下から上に撫でてみる。

「ン……」

いい感じだ。腰が欲しがるように動きはじめる。

二箇所を愛撫し続け、快感をたぐり寄せた。

「そうよ、舌を、お願い、もっと奥に……あぁ、挿れて、もっと、もっと無茶苦茶にして……」

革椅子がギシギシと軋んでいる。

中指を秘唇の内側に押し込む。入り口は乾いているが、粘膜を振動させるように小刻みに愛撫するうちに、奥のほうから潤いが滲んでくる。

「欲しいの、もっと奥まで。お口だけじゃいや、あなたのこれを、ねえ、これが欲しい――」

ふいに、童貞若手社員が顔をあげた。

――『奥さん、書きながらオナニーするんですか』

涙袋のぷっくらと浮かんだ、半月状の目。

『たとえば、この作品の何ページあたりでオナニーしたんですか――』

指を抜いた。ブラジャーからも手を出し、身を起こした。

ティッシュで指を拭い、またキーボードに手を載せる。カチャカチャカチャカチャ。

――あぁ、奥さん、どうしたいんですか……

ジャージの下で、中途半端によじれたパンツが下腹に喰い込んでいる。

――どうしたいんですか、奥さん、ここですか……

私、オナニーもできなくなって、どれくらい経つんだろう。

モニターの時計が目に入った。また今日が終わる。急がなきゃ。紙の本の執筆に、電子小説とコラムの連載、今週は雑誌のコメント取材もあって、明後日はＣＳテレビの出演。一応美容院にも行って、当日は頭も顔もしゃきっとしていられるように今日から寝る時間を調整して、台本も頭に入れておかなきゃいけなくて、ああ、ほんの数時間でも前向きになれる薬がもしもここにあったら、副作用なんかどうでもいいからガブッと一気飲みしちゃうなぁ。

毎日毎日、いやなものが増えている。前作を書いたときよりも、一週間前よりも昨日よりも、私はいやな人間になっている。

カチャカチャカチャ。

――どうしたいんですか、テンコさん。

カチャカチャカチャ。

「私は、変わりたいです――」

2

汗が、揺れる乳房にしたたっている。大きく開かれた太腿でも幾筋もの汗が伝い、畳に丸い染みを落としていく。

「あぁ、はぁ、はぁ……」

喘ぎを放つ芽衣《めい》の顔も、油にくるまれたように艶めいている。

彼女のほつれた結い髪が畳に波を描く。その毛先に触れそうな距離で、楠田は膝をついていた。右手の紙コップにはローション。左手の紙コップには擬似精液。

やばい――歯を食いしばった。撮影中に、まさかの勃起の兆しに襲われていた。

仰け反る芽衣の、苦しげなほどに歪んだ眉。わななく流麗な頬、細い顎。

目を逸らして一呼吸置きたい。が、助監督が出演者から目を離すわけにはいかない。

「おぅっ、おぅっ、おぅっ！」

芽衣の中心部で、男優の平沼《ひらぬま》ガチが腰を突き上げている。彼女の腰を抱える腕に筋肉の筋を浮かせ、胸から上を赤く充血させて、猛烈な勢いで腰を打ち振っている。黒々しい男根が一直線に女陰を打ち抜き、その激しさは粘液が白く泡立つほどだ。

「あっ……」

畳の上で、芽衣の指がひくりと震えた。まるでなにかをつかむように、こわばりながら曲がっていく。

楠田は尻の穴をきゅっと締めた。舌の奥を噛み、痛みで興奮を飛ばそうと努めた。鎮まれ、俺。

絡み合うふたりから三十センチにも満たない距離で、カメラマンとスチールカメラマン、照明、ＡＤが輪を描いて、じりじりと回っている。その後ろではＰＡが微動だにせずガンマイクを掲げている。遮音のために窓を閉め切り、空調も切ってあるので、カメラが回りはじめて約四十分、スタジオ内は容赦無く温度があがり、蒸し風呂状態だ。動いている芽衣と平沼だけでなく、重い機材を抱えて中腰を続けるスタッフもみな、顔中にびっしりと汗の玉を浮かべ、シャツはつかめば雫が垂れそうだ。

このような中でひとり静かに勃起して、誰にも突っ込まれないなんて、想像しただけで舌を噛み切りたくなる。しかし困ったことに、カメラが回っている間の助監督は、ほかのスタッフに比べて暇なのだ。

「芽衣、もう少し腰を上げられる？　顔は、そう、軽く右に」

モニターの向こうで立木監督が指示を出す。

その声が編集で被らないよう、芽衣が若干の間を置いて顔を右に動かす。その隙に、平沼の手が楠田の紙コップにローションを掬いにくる。

「あぅん、は、あ……」

平沼が抽送の速度をあげた。

芽衣の乳房がいっそう激しく揺さぶられだす。

――集中しろ。鎮まれ、俺……

撮影中、思わず股間にきてしまう瞬間は、これまでにもあるにはあった。女優がいま本気になったと、数十センチの距離で感じる一瞬があるのだ。

それは見る者の思い込みかもしれない。だが、本気になったと思える女優の姿は凄まじく美しい。そして本当に美しいものは、欲しいとは思わないものだ。だから、たとえ股間に来ても、しばらく経てばおさまるのが常だったのだが、

「芽衣、腰をもうちょっと右に傾けて。胸は横にならないように真っ直ぐね。メイクさん、芽衣の顔の汗、拭いてあげて」

監督の指示に、メイクがさっと駆け寄り、芽衣の顔をタオルで叩く。そして額にかかった髪を後ろに流す。

こんなことを、あの女にもしてやった――

また、ずきっと股間に戦慄《せんりつ》が走る。

見ず知らずの女と一夜をともにするということが、自分の身に起こったのも意外だった。さらに、目覚めれば女の姿が消えているということも、現実に起こったことだった。

そしてこちらは茫然《ぼうぜん》としつつ、ひょっとしたら置き手紙くらいあるのではないかと部屋中を探し、しばらくはインターホンが鳴るたびに胸を弾ませ、しかしドアを開けると新聞の勧誘の中年オヤジだったりで、こんな目に遭わせられれば心が傷ついて良いし、こんなことなら、あのとき最後まで、と悔しがる権利もあるだろう。だがそんな無礼な女になど、突っ込

んで満足させてやる必要もないので、やらなくて正解といえば正解だったのだ。

「あっ、いい……あぁぁ……」

芽衣の頬が欲情の赤に染まっていく。淫らに歪む美貌が、あの夜から楠田の体内に溜まっている澱《おり》を掻き乱す。

あの女も美しかった。性欲として表出していたが、根底に、人の優しさにすがりつくようなところがあった。だからこそ楠田は何度も歯を食いしばって、節度を守り抜いたのだ。

――『皆様、どうぞ何卒、このわたくしに――』

だしぬけに、窓の外で女の声が響いた。選挙カーだ。

PAが難しい顔をしてガンマイクのブームを腋に差し、片手をヘッドフォンに当てた。斜めがけした機材で音量を調整するが、声は徐々に大きくなる。

『議席をいただけますよう、ご挨拶にまいりました。どうぞ皆様のあたたかい一票を――』

PAが手を振った。

「カット」監督の声があがった。

瞬間、三日月のように身体を反り返らせたまま、芽衣の動きが止まった。

平沼が「ふへー」と芽衣から離れて天井を仰ぎ、メイクが芽衣にガウンをかけた。スタッフたちもぐったりとその場その場にへたり込み、ADが窓を開いて回り、楠田はリモコンでエアコンを点けた。

「また選挙カーかぁ」「今度はどこ党？」

『皆様、どうぞ何卒――』

窓の外で、選挙候補者がしきりに自分の名前を連呼している。

『どうぞ、清き一票を――』

「私にイれて、イれて」

間髪を容れず、芽衣がクイクイと腰を浮かせて言った。

疲れと暑さでだらけきったスタジオ内に、笑い声があがった。


「ちょっと早いけど昼メシにしよう。楠田、弁当届いてるか」

「うぃす。いま運んできます」

楠田はカラミで使ったバイブ一式を洗面所に運びながら、監督に答えた。

「午後は二階の寝室だから。ベッドのセッティングできてる？」

「バッチリっす」

「そうそう、もうすぐ原作の作家さんも来る予定だから。弁当、人数分あるよな」

「うぃす」

バイブ類を洗面台に置き、その前に弁当の準備だと洗面所を出かけたところで、ガウンを羽織った芽衣と鉢合わせした。

「あ、シャワーっすか。すいません、洗面台、いま埋もれてて」

「いいのよ。そのままで。夏場の撮影はハードね。冬の屋外もまいっちゃうけど」

芽衣が手で顔を扇ぎつつ、来る途中に買ってきたというアイスキャンディを齧っている。

三十九歳の人気熟女女優。夫に内緒でＡＶ女優をしている人妻。と公式では発表されているが、実際は最近流行りの逆サバで、年齢は三十六歳かつ独身。ルックスは妖艶を絵に描いたような美貌でありながら、性格は気さくで、先刻のように現場の空気をなごませたり、楠田のようなスタッフにもさりげなく声をかけてくれたりする。

軽く羽織ったガウンの襟元から乳首がのぞいていた。撮影中は当たり前のように見ているのに、カメラの回らない場所では目を逸らさないといけない気がする。

「楠田くん、猫ちゃんでも飼いはじめた？」

「え？」

「その頬っぺの傷」

言われて洗面台の鏡を見ると、あの夜、女の鞄に引っ搔かれた傷跡が、赤いかさぶたになっていた。

「はは、ひどい顔っすね。自分ではもう見慣れてました」

「ひどくないよ。男っぷりが上がってる」

「やりぃ」

「どんな子？」

「いや、野良なんです。たまたま見かけて声かけたら、シャーッとされて」

「じゃあ、それきり会ってないの？」

芽衣が間近で顔を覗き込んでくる。ガウンを突き上げた乳房の突端が、襟からはみ出しそうになりながら、楠田の肋骨あたりに接近する。

現場で女優に触れていいのは男優とメイクだけ。助監にすぎない楠田は、へっぴり腰になって後ずさった。

「あの、なんすか……？」

「楠田くんの目、今日、とても熱っぽかったから。いつもよりノッちゃった」

語尾にハートマークがついているような微笑みに、またうかつにも股間が反応しそうになる。そこへ、

「こら楠田！」

立木監督の怒鳴り声が響いた。洗面所の入り口から、いがぐり頭にどじょう掬いのような

水玉のタオルを巻いた監督が、ぬっと顔を出す。

「なにボサッとしてんだよ。もう作家さんもいらっしゃったぞ！」

「い、いす」

「芽衣もさっさとシャワー浴びろ！」

「いーっす」

芽衣がおどけて楠田の口真似をし、バスルームに入っていった。

暑がりの監督は痩身から湯気をたてつつ、ふん、と鼻を鳴らして出ていく。

五十代半ばの独身の監督が芽衣に惚れていることは、スタッフ全員にバレている。芽衣のほうは上手くあしらっており、監督のほうは一方的にかまって振られては、わざとらしく癇《かん》癪《しゃく》を起こしてみせたりする、あしらわれ方の上手いおっさんなのだ。

とりあえずバイブに泡石鹸だけかけて洗面所を出ると、弁当はＡＤがスタジオ内に運び込んでおり、スタッフがおのおの、窓辺やべつの部屋等で食べていた。

待機所代わりにもなっているキッチンでは、監督と制作会社の社長、そして原作者だという女性作家がテーブルを囲んでいた。

「楠田、お茶持ってきて」

「いす」

「紫城さん、台本、お渡ししましたっけ。おい、楠田、台本もな」

「いす」

「しかし紫城さん、写真よりおきれいですね」

「いえ、そんな」

窓からの陽光で、女性作家のストレートロングの髪が淡い金色に光っていた。頬に落ちるひと束が、オフショルダーの襟に包まれた華奢な肩に流れている。頷いたり笑ったりするたびに艶めく髪が波を打ち、ふっくらとした頬が陽光に柔らかく反射して――

「楠田、なにぼさっとしてんだ！」

「はいっ！」

思わず彼女に見入っていた楠田は我に返り、カウンターからお茶のペットボトルと台本を取り、テーブルに持っていった。

「ありがとうございます」

受け取る彼女と、目が合った。

色素の薄い、透き通るような瞳。スローモーションのように瞬《まばた》きする長い睫毛。

相手は椅子に座っているので、ワンピースの襟ぐりから胸の谷間がのぞいている。白く柔らかそうに盛り上がった乳肌。うっすらと透けて見えるサンゴのような静脈。

知っている。その乳房。俺のこの胸が感触を憶えている。

その大きな瞳。あの路上で、まっすぐ俺を睨んだ――

「その傷」

女が楠田を見つめていた。

「えっ、あっ……」

「痛そうですね」

「ああ、はい、猫に、やられて……」

楠田は頬に手をやった。

「あら、猫ちゃんを飼っていらっしゃるんですか」

「いえ、野良で……」

「野良ちゃんですか。へえ、素敵ですね」

なにが素敵なんだ。おまえそれテキトーすぎんだろ。

テンコが首を傾《かし》げて微笑み、立木監督がまた彼女に話しかけた。このページのこの台詞《せりふ》、こんなふうに変えたんですけど。テンコがネイルの光る指を口元に当て、にっこりと答える。

素敵だと思います。

用のなくなった楠田は、テーブルから離れた。

まさかとは思う。酔った人間がいかに記憶を無くすものかは、母親のおかげで十分にわかっているつもりだが、ここまできれいに自分が抹消されているという現象は、非情な仕打ちを受けた身であるだけに信じられない。きっといまは仕事関係者が周りに大勢いる状況で、自分とは初対面だと取り繕う必要があるからに違いない。

尻ポケットから丸めていた台本を取り出した。改めてページをめくると、一ページ目に出演者やスタッフの名前が記載されている。タイトルの横に、読み流していた名前があった。

《原作：紫城麗美》。

見憶えがある。あれだ、あの深夜のバラエティ番組。モスピンク色のミニワンピを着て、エグい演出でバナナをエロく舐めながら、中指をしきりに動かしていた、あの女——

「そうだ、紫城さん。紹介しますよ、こちら男優の平沼ガチさん」

「平沼です、恐縮です」

「初めまして。まあ、お顔が真っ赤。お風呂上がりですか？」

「いや、まだ出せてないんで。勃ちっぱなしで恐縮です」

「本当だ、すごい」

「夜の最後のカラミまで、ずっと勃ちっぱです」

「大変ですね、早く出せるといいですね」

テンコはあの夜の凶暴さも淫らさもなりをひそませ、にこにこと平沼の生勃起に顔を近づけて、「わあ、大きい、きれい。感動しちゃいます」と、エロ女っぽい発言をしている。

和室、二階の寝室、玄関やベランダでの撮影を終えると、午後四時を回っていた。

撮影は深夜まで続くが、テンコはここで辞去するらしく、最後にキッチンのテーブルで監督たちと挨拶を交わしている。

楠田はテーブル近くのカウンターで、食事シーン用にコンビニで買った惣菜を皿に移し替えていた。

「どうでしたか。紫城さん、ろくにおかまいもできませんでしたが」

「とっても楽しくて。来させていただいて良かったです。現場の熱気に圧倒されました。芽衣さんやスタッフさんにも、お仕事中なのに気を遣っていただいて」

その通り、彼女は照明やPAによる機材の説明などを楽しそうに聞いており、芽衣にもお菓子をもらって食べていた。しかし、助監の楠田が彼女に話しかける機会はなく、最初に挨拶をしたきり、言葉を交わすどころか、目さえ合っていなかった。

「それでは」と、テンコが鞄を手に立ち上がる。

いやちょっと待ってくれ。最後にもう一回だけでも、こちらを見てくれ。これきりはないだろう――楠田が祈るように思った、そのとき、

「ところで紫城さん、せっかくなんで、うちにもう何本かいただけませんか」

立木監督が、神の啓示みたいなことを言った。

「ちょうどアダルトグッズをネタにしたシリーズを考えてたところで、紫城さんの作品を読んでピンときたんですよ」

「そうそう」と制作会社社長。「そういう作品ありますか？　なければ書きおろしでどうですか」

「まあ、光栄です、ぜひよろしくお願いします。ただ私、アダルトグッズにはあまり詳しくなくて」

「いろいろ差し上げてご説明しますよ。あ、良かったらグッズの店とか取材しますか？　秋葉原とか、けっこうデカい店が何軒かあるので」

「へえ」

「案内できるスタッフを誰かつけますよ。どうしようかな、僕がご一緒してもいいけど、今月はほとんど埋まってて。うちの社員の杉田とか――」

「俺が行きます！」

楠田は声をあげた。その声が大きすぎたのか、テンコが驚いたようにこちらを見る。

「あ、そう、おまえ行ってくれる？　紫城さん、こいつ、グッズには詳しいんですよ。ムッツリして見えますが、根は悪い奴じゃないんで」

監督が誤解を招くような紹介の仕方をし、テンコは「そうですか」と微笑んだ。

「お手間かけます。よろしくお願いいたします」

そうして深々と頭を下げる彼女は、今日、現場でずっと見てきた、おっとりと愛らしい笑みを浮かべていた。

3

しんどい。疲れた――

カラフルで複雑な形状のグッズがぎっしりと棚を埋め尽くす店内を歩きながら、テンコの頭にはその言葉しかなかった。

慣れない都心の駅で男性と待ち合わせをし、人混みを並んで歩く、それだけでもテンコにはハードルの高いミッションで、その上、地下1Fから地上5Fのすべてがセックスグッズ専門店であるビルに入り、セックス関連の商品をふたりで見て回っているのだ。

客は各階に男性客がぽつぽつとおり、一度は海外のツアー客の団体がアメージング、などと叫びながらぞろぞろと入り、出ていった。

建物には窓がない。地下1Fから見ていまはやっと3F。あと二フロアもある。息が詰まりそうだ。

「この棚にあるものはすべて電マに装着して使います。こっちはクリ単独用。こっちは中やアナルにも対応するもので」

楠田がコーナーごとにグッズの用途を淡々と説明している。いまは女性向けのコーナーだった。

イソギンチャクのような触手をびっしりと生やしているオレンジ色の物体や、大小の吸盤をキノコのように広げている紫色の物体を見ても、テンコには原生生物のオブジェのようにしか見えない。どれも太陽の塔にでも飾られていそうだ。しかしこれらには生物の生殖本能を無視した、性欲本位の意匠があるのだ。

「これはどういう向きで、どこをなにに当てるんでしょうか」

節足動物のようなピンク色の足が無数に生えたオブジェを指した。

「この豆状のものをクリに当て、こちらの突起はアナルに挿れます。つなぎが楕円形の輪っか状になっているので、装着しながら膣口を愛撫したり挿入したりが可能です」

「はあ……」

よくわからないが、このような複雑なものをつくるのは複雑な精神を持った職人さんたちに違いない。

AVの撮影現場も職人だらけだった。正直、想像していたのよりもずっと楽しかった。身じろぎひとつできない超長回しのカラミには迫力があり、休憩時間にはスタッフさんたちが機材や仕事内容について話してくれた。PAのガンマイクには、役者さんたちが、監督に「はーい」と返事した直後に陰で「チッ」と舌を打つ音も入ること、照明さんからは、人は衣服を脱ぐ際などに生じる数万ボルトの電圧には日頃から耐えている。が、ここに0・1アンペアでも電流が加わると致死電流量となり、濡れた手でスマホの0・5アンペア以上はある充電器を操作するのは危険、などと教えてもらい、途中で芽衣が、この人たちの話は長いからとアイスキャンディをくれた。

そんな中で、この人だけがずっと怖かった。

テンコはいまも、通路を歩く楠田の横顔を、遠慮がちに盗み見る。

無表情。不機嫌そう。

きれいな子にわざと刺々《とげとげ》しい態度を取る男というのはいる。きれいだからといって心臓が鋼でできているわけではないので、冷たく対応されると当たり前に戸惑うのだが、エロ仕事をはじめてからは、男たちはキモいか紳士的かはべつとして、基本的に親切で優しい。なのにこの人の塩対応はなんなのだろう。撮影現場では、きびきびと働きつつ、ほかのスタッフたちと冗談を交わしもする、まっとうな好青年という感じだった。しかしテンコが彼の手際の良い作業につい見入っていると、ふいに目が合いそうになり、だが彼は細い眦《まなじり》で切りつけでもするかのように、すっと視線を外すのだ。

取材の同行は彼の立場上、申し出るのが自然の流れだったのだろう。であれば仕事として割り切ってほしいのだが。いったい私のなにがこの人を不快にさせているのだろう。

「なんだか最近のトイって、どんどん進化しているんですね」

話しかけてみた。

「トイ?」

「あ、最近の女性はこういうの、セックス・トイって呼ぶんです。アダルト・グッズって男性がつけた名称ですから。女性の愉しみ方はまたべつにあるんですね」

「へえ」

しゃらくせえ、という感じで楠田が横を向いた。

「どのみち男向けではこういうの使いませんよ。昔ながらのわかりやすい形でないと、男は白けるんですよね」

だったらこんな取材などせず、そちらが選んだものを一方的に与えてくれれば済む話なのに。

テンコはひそかに唇を尖らせた。いつも思う。取材でもなんでも、要はライターが好きに作文しておもしろいエロを書き、こちらは名前と写真だけを提供する形で良いのだ。そちらのほうが双方が無理せずにおもしろい記事が仕上がるに決まっているのだから。

「どうかしましたか」

「あ、いいえ。そういえば楠田さんは今日、どういう電車のルートでいらっしゃったんですか」

雑談でもすればちょっと雰囲気がほぐれるだろうか、と半ばおもねる気持ちだった。

「私、乗り換えが楽かなと思って渋谷経由で来たんですが、結局、渋谷駅で迷ってしまって」

「ご自宅はどこなんですか」

「え……と」

こう訊かれる流れにはなる。無謀な挑戦などするのではなかった。

「……井の頭線沿いです」

「じゃあ渋谷の井の頭口で待ち合わせても良かったですね。自分も吉祥寺なんで」

「そうですか」

にっこりと答えたつもりだが、楠田はまた眦に棘《とげ》でも生やすかのように目を細め、顔を背ける。

次の言葉が浮かばない。心臓が圧縮機にかけられているみたいだ。この人の隣にいるだけで身体中の関節の動きまでぎこちなくなる。

もう余計なことはなにも言わず、あとの二フロアを手早く見て帰ろう。と、上り階段に向かった。すると、

「ちょっと、そっちは行っちゃ駄目ですよ」

楠田が険のある声を出した。

「ここから上は女性立ち入り禁止。そう書かれてるでしょ」

指でさされた看板には、確かにそう記されている。

階段の上を見あげた。いまいるフロアに比べて照明が薄暗く、心なしかどんよりと重い空気が漂っている。

「どうして男性しか入れないんですか」

「女性のいないほうが気楽に選べるでしょ」

「女性向けオンリーのグッズ店なら、たいていは同伴の男性も入れるそうですが」

「女性はまんべんなく男にわかってもらいたいってところがあるみたいですが」

楠田が下り階段に向かいながら言う。

「男には暴かれたくないものもあるんですよ」

まるで捨て台詞のように吐き、階段を下りていく、そのやけにすっと背筋の伸びた後ろ姿に、テンコは思わず、はぁ？　と声をあげそうになった。

まんべんなく女に理解を押しつけているのはあんたらでしょう。男は私みたいな弱そうな女には勝手な欲望をぶつけてきて、こちらがちょっと引こうとすると、「だって男はこうだからぁ」と一方的な理解を押しつけて、そのくせ隠せているつもりの本音を見透かされると、今度は逆ギレするんでしょう。知ってるの。私、よく知ってるの。

「あ、それで紫城さん」

突然、振り向かれ、テンコは「はい」と、またつくり笑顔を浮かべた。

「この後、なにか予定ありますか。良かったら渋谷あたりで飯でも食っていきませんか。平日だから、どこもそんな混んでないでしょうし」

監督か制作会社の人から、食事くらいご馳走するようにと言われているのだろう。

「では、お言葉に甘えて」

あと数時間の辛抱だ。今日のいやなミッションをこなして、一日を終わらせる。

そして私はまたひとつ、いやな人間になるんだ。

*

ビーズののれんで仕切られた半個室のテーブルで、楠田はチーズ春巻きを齧っていた。口の中では、砂もほぞも嚙む思いだった。

道玄坂沿いの洋風居酒屋。今日は最初から、買い物の後は食事に誘う心構えではいた。事前に予定を訊くよりも唐突に誘うほうが、この女は断れないと見た。案の定、テンコはうっかり応じ、いまは楠田の向かいでぎこちない笑みを浮かべ、シュリンプサラダのエビを齧り、ココアラム酒をちまちまと飲んでいる。

しかしその目はまったくこちらを見ない。相手と目を合わすことが本質的に苦手らしいのは、撮影見学中の様子の端々からも窺えたが、いまは紫城麗美を演りつつも、徹頭徹尾、意志を持って、この不愉快な助監を見ないと決めているようだ。

あの夜、おまえは俺を睨んだり、切なそうに見あげたりしていたんだぜ——

心が性懲りも無く悪あがきする。

かといって意地悪をしたいわけではない。俺は憶えているぞ。あの夜おまえは、「優しくして」と言った。

口の中のごろごろした塊をビールで流し込んだ。

「いい買い物はできましたか」

おだやかな口調で訊いた。

テンコはココアラム酒のグラスから口を離し、

「どうでしょうか。結局、ほとんど楠田さんに選んでいただきましたから。やっぱり男性向けは男性におまかせしたほうがいいですね」

と答えてから、あ、という表情をし、「でも、私も勉強になりました」と、取ってつけたように加える。そうだよ、それ相手が俺じゃなかったら、ただの嫌味としか受け取られないよ。

だが、こんなふうに、彼女が焦ったり情けなさそうな様子になればなるほど、紫城麗美が消え、楠田の知るあの夜のテンコが顔を出すのだ。

テンコがまたサラダを口に運ぶ。

下唇の内側にオリーブオイルが付着し、その艶めきを上唇が隠して、頬が動いて咀嚼《そしやく》する。呑み込んでからココアラム酒のグラスを口に運び、そのとき、かすかに唇が開いて、リスかウサギのような前歯がのぞく。

ビールグラスを持つ楠田の手の中心に、水滴を垂らされたような感覚が広がる。その唇があのとき、ここに触れた。舌先が、このくぼみを舐めた。

「それと」

テンコが声を出し、今度は楠田が慌てて「はい」と目線を彼女の顔に戻した。

「費用も出していただいて、ありがとうございました」

テンコが膝に手を置き、頭を下げる。

「いえ、当然、経費ですから。グッズ、じゃなくてトイですか。ああいうのってけっこう値が張りますしね」

テンコが居心地悪そうに苦笑した。嫌味っぽくなったのは自分のほうだった。

「甘えましたが、ああいうのはほかでも資料として使えますから」

「やっぱり、ああいうのを使いながら書くんですか」

テンコの片頬が歪んだ。あ、失言した。落ち着け、俺。

慌ててフォローする言葉を探す。が、反応はテンコのほうが早かった。

「そういうときもありますが、基本的には形や使用法がわかれば、それで十分です。感じどころは人それぞれなので、自分だけの感覚を知ってしまうよりも、見ていろいろ考えたほうが、ストーリーが広がりますから」

ある程度のサービスをしつつ、さりげなくバリアも張る、流暢《りゅうちょう》な受け答え。やばい。完全に紫城麗美モードになっている。

彼女は長い睫毛を伏せ、視線を横に流す。いつどこからカメラを向けられてもきれいな絵が撮れそうな見事な笑みを浮かべる。

「へえ、そうなんだ」

楠田は軽く言い、ビールグラスを持った。

その横に流された瞳は、もう金輪際、俺のほうを見ないのだろうか。

「でも紫城さんなら使う必要もないのかな。トイなんかより、いくらでも相手がいそうだもんね」

「さあ、どうでしょう」

「数をこなさなきゃ数を書けないでしょう」

「そういうわけでも」

「書きながら、したくなることもあるんじゃないですか」

待てよ、俺。

「そうですね」

「そういうときはどうするんですか。その気になったら、紫城さんならすぐ相手が見つかるでしょ」

「あは……」

「だってさ、酒の弾みで男を引っかけて、とか」

止まれ、この口。

「一晩愉しんで、あとは顔も憶えてない、なんてことも、よくあるでしょう」

＊

テンコは三秒ほど笑顔が固まった。そうして、

「あっは、そうなんです」

声をあげて笑った。

「私、そういうこと、よくやらかしちゃうんです」

おかしそうに肩を揺すって笑った。

目の前で楠田が、ビールグラスを手にしたまま、表情をこわばらせた。いままでぺらぺら喋っていたのが、まるで毒でも盛られたかのように、顔を赤くして声を詰まらせている。

「この前もやっちゃったの。そう、でも憶えてないのよね」

テンコはフォークを取り、テーブルに肘をついた。髪を耳にかけて後ろに流すと、楠田の目が首筋に貼りついてくる。チョロい。もうこいつらって、憐れなほどにチョロい。フォークの先端で、オイルにまみれた黒オリーブを刺した。顎を上げて前歯で齧り、相手に視線を流す。

「で？　私がヤリマンだからって、あなたになにか得があるの？」

楠田が目を泳がせた。声の出ない口は中途半端に開いたままだ。そしてその口がなにかを喋ろうと動く。頬がひくっと引き攣《つ》る。

ね、こいつらって、自分に都合のいい存在であるはずの相手に反撃されると、まず啞然《あぜん》とするんだよ。そしてもうすぐ怒るんだ。裏切られ、傷つけられたのは自分だとばかりに、報復してくるんだ。

でも、お生憎さま。私はもうヤラれっぱなしの女はごめんだ。紫城麗美は私がつくる。あんたらのお愉しみの道具じゃない。

テーブルの下の籠に手を入れた。今日の買い物袋の中から、バイブレータを取り出した。太い筋がグロテスクに浮いた肉色の塊を楠田に向け、スイッチを入れた。

楠田が慌ててバイブに手を伸ばしてきた。

「ちょっと、ほかのテーブルの人に見えますよ」

指と指が重なった。スイッチを切られ、バイブが芋虫みたいにくねったまま中途半端に止まった。

「あなたが動かなければ、大丈夫よ」

優しく言って、もう一方の手の指を楠田の指に重ねた。湾曲した先端を自分のほうに向けた。自分の顔も寄せていく。

中心に溝が走る丸い先端に、唇で触れた。

ヒクン、と、楠田も持っているバイブ全体が震えた。

唇で、頭部の丸みを確かめるようについばみ、前歯のあわいから舌をのぞかせた。亀頭の収斂部《しゅうれんぶ》から先端にかけて、溝をゆっくりと舐めあげる。そうして突端のくぼみを舌先でくすぐる。

舌を動かしながら、目だけを楠田に流した。

楠田はバイブを持ったまま、こちらを見ている。表情はない。眼球が鉛のように重く据わっている。裏腹に、シャツの下で呼吸が速くなっている。

「こんなことで、興奮しちゃうんだ？」

唇で笑い、山形に割れたシリコンを甘く嚙んだ。そうして重なった楠田の指の関節を、指の腹で優しく撫でる。

「いいじゃない。私も興奮しちゃう」

バイブから口を離し、楠田の手を取った。

楠田がバイブを、テーブルに置いた。食器の音が鳴った。

直後、楠田の指が、テンコの唇に挿し込まれた。

指先が前歯をなぞり、強引にあわいに忍び込んでくる。

「ン……」

楠田の目は笑ってもおらず、険を浮かべてもいない。無表情に眉根だけをわずかに寄せ、テンコの舌を撫でてくる。その目には膜を一枚引き剝がされ、暴かれた怒りが籠もっている。

ぶしつけに過ぎるとは思うが、劣情で必死な男の言いなりになってみせるのが、いまは楽で心地好かった。

「ンふ……」

舌をさらに伸ばし、指に這わせた。

中指の第一関節から指の股まで舐め、股に近い付け根の部分を前歯で嚙んだ。そうして今度は薬指を付け根から舐めあげていく。

「かふ……」

開いた口腔の奥で喉が鳴る。

凝視されている唇の上に汗が滲みそうになる。

舌の腹を、手のひらに這わせた。

顔ごと左右に動かし、真ん中のくぼみに唾液をなすりつけた。舐めるほどに、唾液が滲みだして止まらない。

楠田の指も手のひらも、粘液に濡れまみれている。その指がテンコの頬や顎に触れ、ベトつかせてくる。

「う……っ」

楠田がかすかな呻きを漏らした。

いつしか閉じていた目を開き、テンコはゆっくりと彼を見上げた。

彼もテンコを見つめていた。瞳が酒に酔っているかのように潤んでいた。

テンコもまた自然と声が漏れる。

「あぁ……はぁ……」

喘ぐような息が、楠田の手のひらでくぐもり、熱い湿り気を頬に返してくる。湿り気は肺に下り、もう一箇所、椅子に密着した秘所でもざわめきはじめていた。

陰部が、ひくりと動いた。敏感な箇所に椅子の圧迫を感じながら、勝手な収縮運動をはじめてしまう。内部に疼きが広がっていく。腰がひとりでに前後に揺れだしている。

私、いま、欲情している——

頬が、濡れた指に挟まれた。楠田が五本の指のぬめりを、テンコの頬に塗りつけ、テンコはその指にさらに、舌を絡ませた。

あなたは私を誘っているつもり？　違う。私が誘っているのよ。

エロ女と遊びたがっているあんたなんか、私のほうが愉しんでやる。

4

——なんでこんなことになった？

楠田はラブホテルのベッドに腰を落とし、茫然としていた。

バスルームからシャワーの音が響いている。ガラス張りなので何度か目をやってしまうが、湯気で曇って中は見えない。

俺は毎晩毎晩、あいつとの夜を頭で正確に再生してきた。私だって本当は、セックスしたいもん……。泣くように言ったよな、おまえ、言ったよな。入れ食い状態のはずの紫城麗美が、俺の胸でそう泣いたよな。俺の勝手な思い込みじゃなく、おまえ、あのとき本当のことを言ったんだろ。

シャワーの音が止まった。楠田は弾かれるように背筋を伸ばした。

バスルームのドアが開いた。ソープの香りと湯気とともに、バスタオルを胸に巻いたテンコが出てきた。

「あなたもシャワー浴びる？」

バスタオルの裾から伸びる太腿に、まだ雫が光っている。形の良い脚を無造作に交差させ、こちらに近づきながら、両手で髪をまとめていたバレッタを取る。長い栗色の髪がふわりと弧を描き、流麗な肩に落ちた。

「そうだね」

答えながら、楠田は圧倒されている。さすが人前に出る仕事も多い女流官能作家。男を扇情する見せ方をよく知っている。目線もちゃんとこちらに向けられている。透き通るような大きな瞳で、じっと蠱惑的《こわくてき》に相手を見つめている。

でも違うんだ。これは俺の知るあいつじゃないんだ。

「私はどっちでもいいのよ。男の人の汗の匂いも好き」

セクシーに囁きながら、テンコが楠田の前に来た。ゆっくりと足元に膝をつく。

水滴に艶めく豊満な乳房が、バスタオルからはみ出そうに盛りあがり、くっきりと深い谷間を描いていた。

膝に手を置かれた。じんと微電流が太腿を走る。

弾かれるように股間が脈を打つ。熱気をもつ血がみるみる内側で滾りだす。

「あなたはいつもどっちなの」

知るもんか。楠田はテンコの首筋に両手を伸ばした。

細く折れそうな首を撫であげ、湿った髪のまとわりつく耳を指に挟んだ。

両手の中でテンコが目を閉じ、「ン……」とあえかな声を漏らす。

唇に口づけた。しっとりと柔らかな唇だった。テンコは「ぁふ」と吐息で応えた。あの夜は堪《こら》えていたこの口づけを、こうも簡単に与えられたことにイラッとした。舌を乱暴にねじ込んだ。口内中をねぶり回した。歯磨きのミント味。刮《こそ》げ取ってやる。この舌の本当の味を貪《むさぼ》ってやる。

キスしたままベッドに押し倒した。馬乗りになって胸を揉みしだいた。バスタオルごしに豊満なふくらみの弾力が返ってきた。

「あっ、ン……」

性急な行為に、テンコが驚いたように肩をびくっとさせる。

だが口中を蹂躙《じゅうりん》するようなキスも、胸をきつく揉みしだく手も、じっと受け入れている。

両手は枕の脇に置かれている。

「ん……ん」

手に収まりきらない乳房を掬いあげ、揉み込んだ。畜生、でかい。どんなに五本の指を駆使してもこぼれ落ちていく。

だがそのうち手のひらに、突起の感触を覚えた。

その一点を人差し指で小刻みに摩った。

「ぁっ……」

繋がった口腔で、テンコが短く息を吸った。

舌はほぼ動かない。少し力を入れたまま、楠田にされるがままになっている。

柔らかな舌肉の裏も表もねぶりながら、指では豆粒のような突起を摩り続けた。摩るだけでなく、周囲をまるくなぞったり、皮膚に爪が喰い込むような強さでゆっくりと擦ったりする。

指の下で、先端が徐々に硬くなってきた。バスタオルにはっきりと浮き出るほどだ。

「はぁ……あぁ……」

テンコがあえかな喘ぎを漏らす。

おまえももっと舌を挿れてこいよ。もっと反応を見せてくれよ。

もう一方の乳房も揉みあげた。

彼女の腰をまたいでいる脚の間に、じんじんと熱が溜まっている。興奮の脈が高まって、ジーンズに押さえつけられ、痛い。

枕の脇に置かれたテンコの手を取った。ベルトのバックルに引き寄せた。

経験豊富なら外してくれよ、いやらしく。

乳首を摩る動きを速め、ふくらみを強く押しつかんだ。

「う……ンッ……」

テンコが睫毛を震わせて楠田を見る。眩しそうに目を細めて瞬きし、瞳が下に逸れていく。手がバックルにかかった。カチャ、と金属音が鳴るがバックルは動かない。テンコは両手で金具を引いたり、上下を押してみたりしているが、上手く外れない。勃起はますます角度を持つ。

くそ、もういい。もどかしい。

テンコの手の上から、自分で外した。片手でボタンを外し、ファスナーもおろして、やっとはち切れそうな屹立をはみ出させた。先端が滲んでボクサーブリーフに貼りついている。

テンコの唇とは密着を解かれていた。

いまの行為が乱暴だったのか、テンコが少し目を丸くして楠田を見つめ、それから、その場凌ぎっぽい笑みを浮かべる。

つくった媚び顔が歯がゆい。手のひらのバスタオルの厚みが苛立たしい。

楠田はテンコの胸元に手を這わせた。

いいか、剝ぐぞ。おまえに直に触ってやるぞ。

＊

ラブホテルの照明が、こんなに明るいものだとは思わなかった。

もう少し明かりを落とすことは可能なのだろうか。けれど暗くしてほしい、だなんて、まるで恥じらう初心《うぶ》な娘みたいだ。

楠田の手が胸元のバスタオルをめくりだす。

肌が少し露わになるごとに、楠田はその箇所に口づけてくる。

その手つきと唇が、意地悪な態度とは裏腹に妙に優しい。

乳房が空気に触れた。先端も露わになる。乳首がかじかんだようにこわばるのを感じた。

もう片方も。

両のふくらみが、楠田の真下に晒された。

「ん……」

肩がすくんだ。手で隠したい気持ちを抑える。ひとりでに腕が腋を締めつける。

乳肌に、手のひらが触れた。下輪部の丸みを撫で、そっと掬いあげる。

親指と四本の指の間で、乳首が軽くくびり出された。

そんな、じっと見ないで……やっぱりここ、明るすぎる……

「きれいだね」

楠田がかすれる声で言った。

答えに戸惑っていると、楠田が顔をおろし、先端を唇に含んだ。

「あっ……」

すごい……なに、どうしよう……

「いやっ、あ、あっ……」

高い声を出してしまい、枕で口を隠した。

驚くほど熱い舌が、過敏なこわばりを練り転がしてくる。

力強い男の指が、柔肉に喰い込んで揉みしだいてくる。

かじかんでいた媚膚が一気に蕩けていた。なのに感覚はますます鋭くなっていく。うねる舌先がぞくぞくするような快感を流し込んでくる。

「……あぁっ！」

じっとしていられない。声も呼吸も抑えられず、口を枕から剝がした。

腰から下が自然によじれだす。まだ残っているタオルを股下で挟み込んだ。少しでも肌を隠したいとの思いからだったが、タオルの生地が淫核に擦れ、ビクンッと全身が喜悦に弾む。

「うっ、む……」

楠田は眉間に皺を寄せ、目を瞑って先端を舐め転がしている。

ときどき唇を浮かせ、厚みのある舌腹で乳頭を付け根から掬い、乳輪をなぞるように円を描き、そうしてまた乳首を含んで吸いあげる。

その表情は淫猥で、でもなんだか一生懸命で、彼の顔や舌づかいを見ているだけでも、疼きがますます込み上げてしまう。

「もっと、声出せよ」

楠田が低い声で言った。その男っぽい声に、また身体の奥が痺れそうになる。

テンコの呼吸も速まっている。

いいの……？　声を出したほうがいいの？

「あ、ン……あぁ……」

枕をつかみ、喘ぎを漏らした。どうしても泣き声のようになりそうで、低めの声を意識する。

楠田の唇が、片方の胸に移った。乳首の付け根に、歯がたてられた。

「あぁぁっ……！」

鋭い衝撃に、テンコの喉が悲鳴を放つ。

楠田は乳芯を挟んだ前歯を、ぐりりと強く前後させる。そのまま突端まで歯をすべらせ、ふたたび乳首全体を含む。

痛みの残る媚膚に、ぬめる口腔をいっそう熱く感じる。ずきずきと疼きの電流が皮膚の奥まで刻んでくる。

「あぁ、ん、あぁ……あぁ……」

声が抑えられない。下半身が勝手にひくひくと動きだす。

楠田がふたたび乳首を噛んだ。今度は淡い感触で、根元から突端までをしごきあげる。そうしてまた舌先で舐め、同時にもう一方の乳首も指で転がす。

「あ、あ、あ……」

二点の刺激に、腰がくねりあがった。

すぐに上から押さえつけられた。楠田のファスナーからはみ出した股間が、ボクサーブリーフを突きあげてテンコの股間を圧迫していた。

密着した腰を、楠田が揺らしだす。

「あ……は、ぁン……」

疼きの源が、重く圧《お》されて刺激される。

生地ごしの男の輪郭。

正直言って、それはまだ少し怖い。

でも楠田は腰を動かしながら、乳首を舐めしゃぶり、指で転がしてくる。

切ないほどの快感が、肉体中に充満する。

「ぁあ、あ、あぁぁ……」

「んっ……ふンッ、クッ……」

恥ずかしさと怖さと快感で、テンコは喘ぎながらも首をひねり、目をぎゅっと瞑るしかない。でも、怖々と相手を見ると、楠田の額に青筋が立ち、耳から首筋が仄赤《ほのあか》く充血している。

「あぁ、あぁ、あぁぁ……」

テンコも腰をうねらせていた。

自身に興奮を伝えてくる彼の肉塊を、なんだか人間の身体の一部なのだと感じた。愛嬌さえ覚えて良いのかもしれない。揉み合ううちに、バスタオルが肌の上をすべり落ちていく。

股間部がさらけ出されていく。

淫核に、男の下着の感触が擦れた。

「あぁぁンッ……」

峻烈な快感が圧し込まれた。びくびくと全身が仰け反っていく。

「うくっ、う……」

楠田が乳房から鎖骨に唇をすべらせ、首筋を噛み、耳を噛む。

腰の動きはさらに激しくなる。

くちょ、くちょ——

粘着音が響いている。これは、私のここの音……？

「ああ……っ」

テンコはいつしか、脚を広げていた。

両脚で楠田の腰を挟み、太腿から足先まで強く擦りつけた。

その間に、楠田が手を挿し込んでくる。

「いやっ、あ……」

反射的に膝を閉じかけたが、もう遅かった。楠田の指が、剝き出しの女陰を捉えていた。

指が陰裂をなぞる。ぬるついた感触を教えられる。

その中心部に、指先がめり込んでくる。あぁ……くる、熱い感触が、私の真ん中を、押し割ってくる——

「あぁぁぁっ……！」

淫感が腹部を駆け抜けた。ぞくぞくぞくっ――腰が跳ね上がり、全身が海老反りになった。

楠田の顔が下りてくる。開ききって張り詰めた内腿に、彼の髪の感触と、仄かな体温が、静電気のように伝わってくる。身体が予感にわななく。

直後、敏感な一点をぬめる感触に捉えられた。舌先が秘核を舐めあげ、そのまま小刻みにくすぐりだす。

峻烈な快感が突き刺さった。じわじわと燃え広がる火のように皮膚の内側に浸透してくる。

楠田の舌には遠慮がなかった。秘核を変形させるほど力を込めてねぶり、唇をつけて舐めしゃぶってくる。

自分でダイレクトに触れれば、敏感すぎて痛みを覚えるほどの箇所なのに、ぬめる舌の摩擦に痛みが麻痺し、快感だけが深く熱くふくらんでいく。

同時に中で楠田の指も動きはじめた。中指の先が、粘膜のあらゆる箇所を擦りあげてくる。

一点を捉えられたとき、

「あぁっ……」

テンコは腰をビクッと跳ねあげた。

「ここなんだ」

楠田が久しぶりに声をあげ、その一点を狙い撃ちしてくる。

「ぁんっ、あ、あ、あ……」

腰がどんどんせりあがっていく。

そうなの、そこ、ここ……

ねだるようにくいくいと揺れはじめた。

腹部に手を当て、責める彼の指を愛おしむように、下腹をぎゅっとつかむ。

「あぁ……」

目を開けた。いつの間にか涙が滲んでいた。眩しさに目の奥が眩《くら》みそうだった。

私、すごくいやらしいことをしている――

煌々《こうこう》と部屋中を照らすライトの下、テンコだけがなにも身に着けていない姿で、恥ずかしい箇所を男に晒していた。

楠田は下半身の男の象徴だけを、下着の中で自由にさせた状態で、一方的にテンコを弄《もてあそ》んでいる。

されるがままになっている。こんなつもりじゃなかったのに。楠田の真剣な表情に、またぞくっと濡れた疼きが湧きあがる。このまま流されたいとの欲望に抗《あらが》えない。

「ここ、いいんだ。すごい、どんどん溢《あふ》れてる。わかる？　あんたの中から零れるものが、俺の手の甲にしたたたってる」

「あ、あ……」

なにか言わないと、せめて言われっぱなしじゃなく、積極的に愉しんでみせないと。

「もっと……大きいの、欲しい……一本じゃ、足りない……」

「こう？」

ぐい、と、楠田が薬指もねじ込んできた。

「やぁぁっ……！」

押し込まれた喜悦の凄まじさに、テンコはさらに腰を振りあげた。

「そう……これ、これ……」

泣き声でももうかまわない。

「ここ……あぁ、もっと、ぐちゃぐちゃにして……壊して……ここ、もっと……滅茶苦茶にして……」

言葉にすればするほど、淫らになっていく。脳が際限なく快感を求めだす。

「その言葉、忘れんなよ」

楠田の指にさらに力が籠もった。

粘膜を抉る勢いで二本の指がうねりだす。

「あぁ、あぁ、あぁぁ……」

テンコは全身でよがり、反応のままに腰を振りあげた。

壮絶な快感が身体の奥に迫ってくる。

二本の指と舌が、淫獣となって果てしなく責め入ってくる。

ぐちゅぐちゅぐちゅ——

卑猥な音が耳の奥で鳴っている。部屋中にも響いている。

同時にクリトリスを舐められる粘着音もいやらしく聞こえてくる。ぬちゅ……ちゅる……

二点からもたらされる快感が狂おしく渦巻いていた。

ふくらはぎで汗がしたたっている。両脚はもっと高みの悦楽を求めるようにつま先立ちで開ききっている。

楠田の指がいっそうの速度を増した。

快感の波が全身を押しあげる。密度を増し、とぐろを巻いて意識を揉みくちゃにする。

「あぁっ、あぁぁ……」

「イクときはイクって言えよ」

「イ、ク……イッちゃ……」

絶頂の気配にテンコはただ従い、腰を振りあげた。

「イク……イ、ク……ッ！」

総身を弾ませ、テンコはあられもなく叫んでいた。


——はぁ、はぁ、はぁ……

ベッドにぐったりと横たわり、テンコは荒い息を吐いていた。

余韻がおさまらない。あんなに激しくイッたはずなのに、下腹部は粘い疼きを溜め込んでいる。

開いたままの脚の間で、楠田はまだ指を挿し込んだまま、指先をゆっくりとくねらせている。まるで波を抑えてくれるかのように、その動きは優しいけれど、抑えられなんかしない。苦しい。感じすぎて、まだもっと欲しい。

「あ……あ……」

指の動きに、また腰がひくついた。涙目で楠田を見あげた。

「すごい。こんなにぐっしょり濡れて柔らかいのに。俺の指をきつく締めつけてくる」

テンコを見おろしながら、楠田が言う。淡々と冷静なようにも、意地悪いようにも思う。

そして指先でふたたび、熟れた蜜肉を擦りあげる。

「あ、あ、あ……」

切なさに、上擦った喘ぎを漏らした。

脚の間で静かに動く、楠田の腕。男らしく浮いた筋肉が、たまらなく悩ましくて、すがりつきたくなる。

でもそのとき、

「欲しいの？」

楠田が訊いた。テンコは伸ばしかけた手を止め、こくんと頷いた。

膣肉がまたきゅっと、楠田の指を締めつける。

「ちゃんと言って。指でもっと苛《いじ》めてほしいの？」

テンコは首を横に振った。

「違う……欲しい……」

「なにを？」

「もっと……大きいのが、欲しい……」

目の奥が熱く滲んだ。

「じゃあ、今日買ったバイブでもっと感じさせてあげようか」

「ちが……」

涙が溢れてしまいそうになる。

余裕を浮かべる楠田が、淋しくて憎らしくて、気持ちが臆してしまう。意地悪なことを言う口で、もう一度私の身体に触れてほしい。

「あなたのが……」

声が震える。

「俺の、なに？」

「あなたのを、私の中に……」

「うん、俺のなにをどこに？」

うるさいな。もう淋しすぎて、いっそ腹が立ってくる。オチンチンとかペニスとかチンコとか、言ってほしいのなら淫語はいくらでも言えるけど、そうじゃない。もういい、泣いちゃえ。

「あなたの大きいのを、挿れて。オチンチンを、私のいやらしいところに、いっぱい挿れて」

泣きながら淫語を吐いた。欲望のままに舌を動かし、ひと言、ひと言漏らすごとに、体内に溜まっているいやらしさが、身体の膜を突き抜けていく。際限なくいやらしくなり、いやらしさに集中できる。

「へえ、やっぱりこれがいいんだ」

楠田が主導者然とした笑みを浮かべる。

そうよ。欲望を自覚しながら、だんだん、そんな自分が滑稽で、笑えてきた。

そうだった。この人はエロ女と遊びたいだけの人なんだった。つまりいま私にしたことは、この人にとっては単なるプレイ。私もそう。

手を楠田の股間におろした。ファスナーから飛び出した陰茎を、下着ごしに手のひらでそっと撫でた。根元が太く硬い。裏側の肉の筋が盛りあがり、生地を張り詰めさせてしなっていた。

楠田が、奥歯を嚙みしめて吐息を吐く。

テンコの中から指を抜き、腕を交差させてシャツをまくる。

細身だが、筋肉がしなやかについた硬そうな腹部。厚みのある胸板。骨と筋肉の形がくっきりと浮きあがった広い肩。

脱いだシャツをベッドの下に放り投げ、楠田はジーンズも下着ごと無造作におろす。局部が現れる前に反射的に目を逸らした。すると楠田と目が合った。その目はまるで怒っているかのように、鋭い眦を朱に染まらせていた。

ジーンズも床に落とし、全裸になった楠田が、テンコの腰をまたいだ。そのまま膝で、テンコの顔のほうに身体を寄せてくる。

「舐めて」

屹立の根元を自分でゆっくり上下させながら、楠田が腰を落としてきた。

差し出されたものを見た。

大きくエラを張り出した亀頭。先端の細い溝で、透明な液が雫をあふれさせている。くびれた先端部から下は、赤黒い肉肌が樹皮を剥がされた巨木のように、むき出しの皮膚を張りつめさせていた。

「さっきの店でしたみたいに、エロく舐めて」

楠田が抑揚なく言い、先端部を口に押し当てた。

ぬるりと粘液にまとわれた肉の塊が、唇をすべる。性臭とアンモニアや汗の混じった匂いが鼻を衝く。良い匂いではないのに、鼻の奥から肺が、じんとあたたかく満たされていく。

口を開いた。舌先でそっと露頭の先端を舐める。籠もった匂いよりも、青みのある仄かな苦さを感じる。

「ん……っ」

頭上で短い呻《うめ》きがあがった。細い溝がまた液を滲ませた。

口をさらに大きく開き、丸い肉肌に唇をすべらせた。舌を伸ばし、こぼれそうな粘液を追いかけた。

亀頭の裏を舌の腹で舐めあげた。彼の淫液と自分の唾液にぬるついたくびれを、舌先でくすぐるように愛撫する。

「あぁ……」

楠田が声を吐き出し、テンコの頭上に手をついた。

這いつくばった体勢で、片手では分身を握りしめ、テンコの唇や舌に擦りつけてくる。油断すると口から外れて頬や顎をすべってしまう。テンコは舌を伸ばして肉肌を捉える。

「く、咥えて……」

楠田が掠《かす》れた声でいった。声音から、余裕が薄れているのを感じた。

「ん……」

唇にあてがわれた露肉を、言われるままに頬張っていく。亀頭部のくびれまで、口の中に沈ませた。

「うっ……」

楠田が喉声を漏らし、太腿を震わせた。腰がひくつき、そのたびに陰茎を深く突き込んでくる。

「うっ……くっ……」

楠田は上擦る呻き声を、懸命に堪えている。

顎を限界まで広げた。野太い淫肉が唇をみっちり押し広げ、舌の付け根まで沈み込んできた。

苦しくて鼻で噎せてしまう。息ができない。喉が潰れそう。

けれど楠田はテンコの苦しさなどにかまわず、容赦なく腰を振り、剛直を押し込んでくる。

舌の付け根を打ち擦られた。

「ぐっ、ご……」

みっともない声が漏れる。涎《よだれ》が溢れて止まらない。だらだらと口の両脇を伝っている。涙も滲んで視界がぼやけている。洟をすする余裕もない。

「あぁっ、う、う、うぁっ……」

慌ただしく出し入れされる男根が、いっそう喉の最奥に押し込まれた。楠田がいったん、動きを止める。

舌の上で、肉幹がどくっと脈を打ち、ふたたび前後運動を開始する。

この人は私の口でオナニーしている。

涎が飛沫《しぶ》き、痛みさえ麻痺したテンコの頬が、笑みに歪んだ。

いいじゃない、むき出しで。男のえげつなさ全開って感じで。声だって抑えなくてかまわない。私だって負けずに欲情している。

力を振り絞り、勃起肉を舐めしゃぶった。

そうしながら、陰部でふたたび、疼きがざわめきだしていた。

太腿がひとりでによじれ合い、劣情を慰めている。

私いま、すごく淫らなことをしている。淫らだから、こんなことを思う。

早く、ねえ、ここに挿れたいんでしょう？　お願い、もうこれ以上、我慢できない――

*

俺はなにをやっているんだ――？

陰茎をテンコの口に突き込みながら、楠田は熱病に浮かされたような頭で思っていた。

淫肉に興奮が充満しきって、いまにも皮膚が破けそうだ。

唇では足りない。もっとどろどろに濡れて密集した女の肉に、根元までぜんぶ押しくるまれたい。

だが、このまま挿入するわけにはいかない。

まだしたいことをしていない。優しくしてやれていない。俺はこいつをもっと大切に扱うつもりだった。

「うごっ、ごぶっ……」

楠田の勃起を出し入れされながら、テンコは可憐な顔を見るも無残に歪めきり、憐れな呻きをあげ続けている。

整った眉は苦しげに寄って深い皺を刻み、大きな瞳は涙にまみれてぎゅっと瞑られている。鼻梁の細い鼻の下で、サクランボのような唇が赤黒い肉に押し拡げられ、ぬめ光る涎を噴き零し、乱れた髪に粘液の糸を垂らしている。

こんな酷《ひど》い目に遭わせたいわけじゃなかった。そもそも強引にキスをして押し倒した自分にも違和感があり、違和感を剝がせないまま責め続けていた。

それでも自分の舌と指でイッてくれたテンコは可愛く、その後は仕切り直して丁寧に抱き合うつもりでいたのが、顔をまたいで勃起を舐めさせるとはどういうことだ。

テンコの舌づかいは絶妙だった。

巧みに舌をうねらせながら眉根を寄せ、潤んだ瞳で楠田を見つめる妖しい美貌に、一気に理性の大半が吹っ飛び、その先に現れたのは苛立ちだった。いや、最初からこいつには苛立っていた。

俺を憶えていないのはわかった。でも俺はおまえの演技を見抜いているぞ。紫城麗美を続行させてたまるか。それ、本物の喘ぎ声なのか。

テクニックだけは、ベテラン男優の見よう見まねでなんとかした。

女優が本当に感じているときに、彼らはなにをしているか、していないのか。

でも、悶《もだ》えよがるテンコを見て、ふと思った。女優たちが本気になったように見えるとき、彼女たちが対峙しているのは男優なのだろうか。テンコは俺の愛撫に感じているのだろうか。

そんなわけはなかった。こいつは男が嫌いで、俺を見下していた。

じゅぶっ——

「ごふっ、ごふっ……」

また突きすぎたのか、テンコが激しく噎せた。陰茎がにゅるんと吐き出され、彼女の口と亀頭の間で、唾液が透明なカーテンのような粘った幕を垂らした。

苦しげに咳き込み、少し落ち着くと、テンコは充血した目で楠田を見あげる。

涙を溜めた、虚ろな眼差し。この短時間で疲労したらしく、瞼《まぶた》がくぼんで二重の幅が広くなっている。なのに大きな瞳を潤ませて、もう一度楠田のものを咥えようと、頬に落ちた陰茎に顔を傾かせ、べとべとに照り光る赤い舌で亀頭部を掬おうとする。

なぜそんな淫らな目で俺を見る。どうしてこんな乱暴な俺の行為を受け入れる。

開こうとする唇から、分身を外した。身体を下半身に移動させ、彼女の太腿を抱えあげた。

もう限界だ。おまえが悪い。

華奢な腰を折れそうなほどに折り曲げ、組み敷いた。片手で豊満な乳房をつかんだ。上半身の体重をほぼ胸に乗せられ、

「う……っ」

テンコがまた噎せ、頬をわななかせた。だが辛そうに目を瞑ったのは一瞬で、ふたたびぬめる瞳が楠田を見あげる。唇は笑みさえ浮かべている。

弾力のある乳房に爪をたてた。ひねり潰したい。いっそその細首をくびりたい。

ベッドのサイドテーブルのコンドームが目に入った。畜生。引ったくり、歯で袋を嚙み切った。

「テン……」

呼びかけて、カット、と脳が叫ぶ。

「麗美……いくからな」

テンコは陶然と濡れた瞳で頷く。どこまでも紫城麗美を続行する。

もっと喘がせたい。泣き喚かせたい。こいつの欲情を根こそぎ捥《も》ぎ取って、肉の残骸になるまで犯しまくりたい。剝き出しのおまえを見せろ。

ゴムを装着した先端を、テンコの女陰に押し当てた。

少し力を加えただけで、柔らかな裂け目が亀頭を呑み込んでくれた。

だが柔らかいくせに密度の濃い女肉が、亀頭全体をきゅうきゅうと引き絞ってくる。

ぞくぞくぞくっと淫感が腹を走る。

くそっ、くそっ——

楠田は歯を食いしばり、腰を限界まで沈めていった。

＊

ああ、それ着けるんだ——

濡れ場といえば生の中出しばかりを書いているせいか、急いた手つきでコンドームを装着する楠田を、テンコは意外な思いで見た。

そうよね。男だって感染症が心配だし、恋人でもない女に余計なリスクは背負わない。

けれど、生まれて初めて見るせいか、脳裏の端っこでも想定していなかったせいか、ゴムを着ける楠田の所作が、やけに無骨に見えて生々しかった。私、本当に生身の男とセックスしているんだ。いままさにこの人のペニスが、私のここに挿ってくるんだ。

「麗美……いくからな」

その切羽詰まったような声と表情だけで、身体中が蕩けそうになった。

私、やっぱり紫城麗美だ。ちゃんと紫城麗美がここにいる。

脚が大きく開かれた。息苦しいほど湾曲された身体の上に、男が広い肩をいからせ、のしかかってくる。

疼きあがる女肉を、屈強な塊が圧迫した。

「あぁぁ……」

甘い戦慄に、肺が残っていた空気を吐き出した。意識が男の肉の感覚だけに向けられる。

太く硬い輪郭が、ずっしりとめり込んできた。

太腿が、楠田の腕の中で、ビクッと跳ねた。

「きつ、い……」

腰を沈めながら、楠田が途切れ途切れに呻く。

テンコはシーツにしがみつき、迫りくる衝撃に耐えていた。

下半身が電流を通されたようにビクッ、ビクッと痙攣している。唇も開いたままわななくばかりで、声も出ない。すごい。火の塊を打ち込まれているみたいだ。

根元までがみっちりと埋まった。

密着した恥骨の感触を教えるように、楠田が腰を揺らす。

敏感になりきった媚肉が、楠田の肌肉にねじられる、そのわずかな刺激だけで、テンコの全身は恥ずかしいほどに、またビクンッと反応してしまう。

楠田がゆっくりと腰を引きあげた。

彼の形になった淫粘膜が淋しくなる。

追いかけるように膣が引き締まる。

亀頭の付け根くらいまで抜き出された陰茎が、ふたたび静かに沈んでくる。

「あ……っ」

鋭利な快感が子宮の奥まで響いた。

楠田がゆっくりとした速度で抽送を続ける。

打ち擦られるごとに快感が昂っていく。

「あ、あ、あぁ……」

狂おしいくらいに切なくて、テンコはシーツに泣き声を放った。

「見えるだろ、ほら」

言いながら、楠田がまた陰茎を引き抜いていく。

怖る怖る目をやると、赤黒い肉の柱が、自分の裂け目に埋め込まれているのが見える。

雄々しい肉塊に貫かれる女の肉は、油を塗ったように濡れまみれて、ぬらぬらと光る媚唇を淫らに広げている。

ぐずぐずに溶けて爛《ただ》れた粘膜に、また太く頑丈な肉柱が沈み込んでくる。

「あ、あ、すご、い……感じ、る……」

乳房をつかむ楠田の手に、力が籠もった。

同時に抜き差しの速度が高まりだす。

ぐじゅっ、ぐじゅっ、と卑猥な濡れ音を響かせ、剛直がまっすぐ肉体の芯を打ち抜いてくる。

「あぁぁっ……」

「う……おぅ……」

楠田の喘ぎが頬に吹きかかる。

自分の淫らに崩れているに違いない顔を、テンコは腕で覆う。

「顔を隠すな。ぜんぶ見せろ」

言われて、戸惑いながらも腕を外す。

「あぁ、あぁぁぁ……」

肉体のいちばん恥ずかしい場所も、表情も、さらけ出すこの快感。

「もっと……」

喘ぎの中で、うわ言のように言った。

「もっと、いやらしくして……もっと……！」

楠田の動きが激しくなる。怖ろしいほどの勢いで太くたくましい肉杭を突き込み、熟しきった女肉を擦りあげる。

「麗美……」

切迫した声が麗美を呼ぶ。

「もっと……もっと私を、滅茶苦茶にして……！」

叫んだ瞬間、楠田が壮絶な勢いで突き上げを開始した。

見あげた顔は忿怒《ふんぬ》の形相だった。

テンコは茫然と息を呑んだ。すごい、これなんだ。

人のこのような歪みきった表情は、滅多に見られるものではない。私、すごいことをしているんだ。

「あんたって、感じると、身体を丸めるんだな」

ふいに、掠れた声で楠田が囁いた。

見あげると、顔のすぐ上で、楠田が頬に影を落としてテンコを見おろしていた。

「え……？」

「いつもそうなの？　自分でするときも丸まってやってんの？」

言われてテンコは、自身の身体が楠田のほうに湾曲していることに気づいた。

本当はわからない。セックスでも自分でするのでも、こんなに感じたのは初めてで、いまここにいるのは記憶にない自分ばかりだ。

それ以上に、いままさにイこうとする最中に、楠田がこれを訊いてきた意味がわからない。性癖的に、身体を丸める女が好みなのだろうか。

「う、ん……」

「そうか。それを知れただけでも、本当のおまえを見れた気分」

「え……な……」

訊き返す間もなく、再度、猛烈なストロークが打ちよこされた。

「あぁっ……」

烈々と抜き差しする男根が、理性の断片を刮げ取り、愉悦の塊を打ち込んでくる。

振動の凄まじさに思考が破壊されていく。

押し流される理性にとどめを刺すように、絶頂感が雪崩《なだれ》を打って押し寄せる。

「あぁぁぁっ……!」

肺が絶叫を放った。その瞬間、唇が塞がれ、呼吸さえ奪われた。

「グゥンンンッ……」

封じられた悲鳴が行き場なく、皮膚の下で藻掻き狂う。

気持ち良い、気持ち良い、イク、イッちゃう――！

愉悦に染まった下腹で、楠田の剛直が子宮に追突し、破裂した。

飛び散った残骸が、テンコの体内に喜悦の焼印を打って貫いた。

「ウグゥウウゥッ……！」

「おううううっ……！」

焼け爛れた肉が、全身でビクビクとよがっている。内臓も脳も燃えている。

楠田に貫かれ、赤く糜爛した世界のただ中へ、テンコは無我夢中で墜ちていった。

第三章

1

「では樹さんも紫城さんも、けっこう濡れるご体質なんですね」

ソファの向かいで、女性ライターがメモを片手に訊く。

「麗美はわからないけど、私はね」

柚寿はアイス珈琲のストローを含み、隣のテンコを見やった。

表参道にある喫茶店の個室。今日は女性向けウェブサイトの取材。柚寿もこのサイトで、ライターとしてセックス関連の記事を書くことがある。そこの若い新人ライターが、柚寿とほかの女流作家との対談形式の取材を申し込んできたので、柚寿がテンコに声をかけた形だ。

テンコと会うのは、錠が乱入してきた吉祥寺での飲み以来、一ヶ月半ぶり。ついでに終わった後に飲める機会にもなるかと思った。

しかし取材中、濡れる濡れないの話題になって、テンコは自分の出番ではないと判断したらしく、先刻から言葉を控えている。まあそれでいいと思う。取材の方向性は企画書だけでは判断できないところがあるので、困ったことがあれば、こちらに振ってくれと伝えてある。

だけど、やっぱりこっちの方向だったかぁ。

「濡れすぎると男性が勘違いしませんか。自分が感じさせていると調子に乗られても、こちらも引くというか」とライター。

夏なのに赤、黄、緑のカラフルな毛糸の帽子と、ボタンをわざとかけ違えて着崩したカーキ色のワンピースに穴の空いた黒のレギンスと、白い豹柄のファーのサンダル。ちょっと外した個性の威圧感に気づかない、逆に謙虚な女の子。

「どうでしょうねぇ」

柚寿は腕を組み、オチを考えた。

女性同士のセックス関連の記事で盛りあがりやすいネタのひとつに、男性へのダメ出しがある。これは言い出したら止まらない。読む女の子が抱えているもやもやを言葉にし、この屈託は自分だけのものではない、と伝えて勇気を与える一要素にもなる。

しかし女だけで盛りあがったところでそれ以上の発展はなく、ダメ出し対象の男にはなにをどんなに優しく言ったところで響かないので、もうこれは彼らが絶滅してくれるのを待つしかなく、最近は口にするのも飽き飽きした心境になっている。

カメラのフラッシュが柚寿とテンコに向かって焚かれた。カメラマンはシンプルなTシャツとジーンズ、ノーメイクの四十前後の女性。ライターさんよりもこちらのほうが、自分たちのやり取りをどう聞いているのか、と気になったりする。

「そうねえ、逆に体調によって濡れなかったときに変に落ち込まれたり、感じさせようと躍起になられるのも困るよね。そこは彼らにはわからないところだから、口で説明すればいい。ちゃんと伝えれば、彼らも『女が濡れないのは自分が感じさせていないからだ』なんていう強迫観念から解き放たれると思う」

「なるほどです」

という簡単な言葉で話を締められたので、柚寿も黙ることにした。

「それで、次に伺いたいのがアナルについてなんですが、いま、アナル舐めやローションを使っての愛撫を行うカップルが増えているようなんですね。それについてどう思われるか、実体験を交えてお聞かせ願いたいんですが」

きたね、実体験。

「そうですねぇ」

組んでいた手を解いた。

結局、若い女の子もおじさんライターも、訊いてくる内容はそう変わらないのだ。女性向けのセックス記事も、女がセックスを好きであることを前提につくられる。

女性の性を語ること＝女性の性欲をポジティブにあけっぴろげに披露することではないと思う。これではエロを我が物顔で消費してきた男たちの向こうを張るだけであり、ギラギラしていなければ男じゃない、という前世代の男たちの強迫観念をなぞっているだけだ。

柚寿がいま、人に取材して記事を書かないのは、必死で嘘をつくこともある他人を、エロ記事の素材としては扱えないからだ。

今回は、セックス好きの柚寿と、そうではない女への眼差しを持つテンコ。この二者の対談になれば変わったおもしろさが出るかもしれず、テンコも少しは楽に話せるかと思ったものの、テンコはテンコで、セックスも男も大嫌いだなんて、女流官能作家としては致命的なマイナスイメージを持たれないよう、相変わらず過剰に紫城麗美を演じており、この若いライターさんは質問項目のテンプレートを消化して答えを引き出すことに精一杯で、要するに今日も求められているのは無難にチンコマンコの話なのだ。

「アナルねぇ」

あ、そうか、いまはマンコじゃなくてアナルについて訊かれたのか。うーんと、肛門は自分も得意なジャンルではないが、テンコを困らせている手前、実体験トークは自分が受け持たないと。

「フェラチオの流れでやるときもありますけど、相手がその前にシャワーを浴びてなきゃヤダな。場所が場所なので細菌も心配だし。どうしてもって頼まれたときに、指で弄るくらいかな」

「え、フェラチオとアナル舐めって、セットじゃなかったの？」

唐突にテンコが訊いた。

「ん？」

「私は毎回してるよ。相手がシャワーを浴びてなくても平気。そういうものだと思ってた」

「へえ、紫城さんは情の深い愛撫をなさるんですね」

ライターがテンコに向かって身を乗り出す。ちょっと待って。

「いやさ、洗ってない肛門ってウンチより臭くない？」

「最初は息を止めて、唾液で洗い流す要領で舐めるんだよ。さすがにその段階での唾液は呑み込めないけど、匂いも味もわりとすぐに慣れるかな。むしろ私は、洗ってないアナルを指で触ることのほうに抵抗がある」

「そうそう、指で弄っちゃうと、後で挿入されたとき、喘ぎながら口元に手をやって、『くさっ』てなる」

「というか、乾いていると皮膚を傷めてしまいそう。ローションもすぐに乾くし、唾液のほうが自然に継ぎ足されてなめらかで、気持ちが良い。それにアナルって、細いもので弄られたほうが感じるよ。襞の隙間を舌先でなぞられたりすると、ビビッと電流が走っちゃう」

――どうしちゃったの、テンコ……？

サービストークにしても具体的すぎて、そこまで身を切られると、誘った柚寿がいたたまれなくなる。

「でもさ、実際に麗美は――」

「ではアナルセックスなんてどうですか。紫城さん、なさったことありますか」

ほら、ライターさんが食いついてきたよ。というか、この人、いままでいちばん目がきらきらしているよ？

「一度、試したことがあるんですが」

テンコがにこやかに答える。

「二ミリくらい挿っただけで痛くて、ベッドを叩いてギブアップしてしまいました。あれは相当、時間と回数をかけてほぐす必要があるみたいですね」

「女性がアナルでイクことは可能でしょうか」

「どうでしょう。私の場合は舐められながら膣をグリグリされると、膣の感覚が高まります。両方責められると、すぐにわけがわからなくなっちゃう」

小見出しは決まったよ。《アナルを舐められながらグリグリされると膣感覚まで高まって……♡》。いやそれでいいのか、テンコ。

「男性器は無理でも、アナル用グッズはいかがですか」

「そのうちやってみたいのですが、挿入に関しては男性のほうが気持ち良いようです。前立腺があるから。あのね、前立腺って生物学的に、子宮になろうとしてなれなかった器官なんですって。そう考えると切なくないですか」

「切ないです」

「でも男女ともに可能なのは結腸責め。男性の場合は、射精しないでイク、いわゆるドライオーガズム、別名メスイキを得られるそうです」

「結腸責めとは」

「あのですね、ちょっと絵を描きますね」

テンコがいそいそといった感じで、鞄からメモ帳とペンを取り出した。

ライターさんも嬉々とした様子で、真剣にテンコの描く絵に見入る。

「腸の構造はこうなっていて、肛門から入るとまず直腸があります。この先にあるくびれた部分がS字結腸。肛門から十八センチほど離れているので、辿り着くには専用の長いアナルグッズが必要なんですね。ちなみにこのS字結腸を越えることを、『S字越え』と言いまして」

「はい、聞いたことがあります」

あるんだ。

「あの、実は私」

ライターがずりずりと尻でソファを擦ってテンコに近づく。

「肛門の感覚がすごいっていうか、人一倍、執着があるみたいなんです。小さい頃から、お風呂の中とか、夜、寝る前の布団の中とかでなんとなく触ってしまってて。いまもウォシュレットでお尻を洗っていると、ついぼうっとしちゃって、気づいたら二十分くらい経っているんです」

そうなのか。柚寿は会話に入れず共感できないまま納得するしかない。

テンコが図解できるほどアナルに詳しいのは理解できる。作品でアナルセックスのシーンを描くたびに、人体解剖学の専門書で肛門の構造を研究しまくるらしい。この子にはそういうところがある。同時に思春期の頃からの個人的な妄想のネタでもあるらしく、しかし妄想のほうが実体験よりも性癖を露わにするもので、それをテンコがつまびらかに披露するのは、友人として危ぶまれる上に、非常に解せない。

そしてこのライターさん。きっとこの子はエロへの好奇心が旺盛ないい子なのだ。いい子で素直ゆえに個人的なスイッチが素直に入りやすいのだ。

以前、取材を受けている最中に、五十代の男性記者からいきなり肛門オナニーをカミングアウトされたことがある。にこにこして聞いた。気持ちはわかった。そういうのって、飲み屋でミュージシャンと知り合えば、自分の好きなバンドの話をしたくなったり、歯科医と知り合えば虫歯の相談をしたくなるのと同じで、半分は浮かれて、半分は気遣いのつもりなのだ。これが相手との会話の取っかかりになるかな、これを専門に仕事している人なら、自分のこんな話をおもしろがって聞いてくれるに違いないって。

でも、他人の唐突なエロのカミングアウトは、ふつうに引く。おっさんの肛門のぐちょぐちょの話はほんとふつうに聞きたくない。加えて、肛門の外側と内側との間には深くて長い溝がある。ねえ、若いライターさん。このネタはやめておいたほうがいい。記事を書きあげた後に上のほうからダメ出しされて、電話やメールでの取材のやり直しを指示されることになり、取材相手にも申し訳ないし、相手と連絡が取れないこともあるし、その日が締め切りの新聞や週刊誌だと、本気で焦ってパニクッてハゲそうになる。

「じゃあその快感を極めたいですね」

　テンコの話は止まらない。

「ローションは高粘度のアナル用ローションを使ってくださいね。直腸の奥にローションを流し込む道具も必要です。それとアナルセックスやアナニーで大切なのは」

「アナニーって、穴のオナニーのことですか？」

「そう。ちなみに乳首のオナニーはチクニーと言いまして」

「チクニー！　なるほどです！」

「で、アナニーやアナルセックスの前には、入念に洗腸をすることが大切なのですが」

「ちなみにさ、麗美」

　浣腸の話になる前に、柚寿は口を挟んだ。

「アナニーにチンコマンコは参加できるの？」

「やだ、ユズったら」

　テンコが口に手を当て、可愛らしくはにかんだ。

「前から思ってたんだけど、ユズのチンコマンコって言い方、ちょっとエロさに欠ける」

「ですよねー！」

　ライターがガハハと笑って同意した。

「なにがあった、テンコ」

喫茶店を出てすぐに、柚寿は訊いた。

五時には終わる予定だった取材が一時間以上も長引き、夕刻の表参道の駅前はラッシュ状態だ。ただでさえ歩きにくい人混みの中で、ナンパやスカウトの男たちが次々とまとわりついてくる。

彼らを柚寿がテンコのために追い払っているのを知ってか知らずか、テンコは機嫌良さげにすいすいと前を向いて歩いている。取材中も終わってからも、ずっとほがらかな笑顔を浮かべている。

「さっきはなんだかテンションが上がって、喋りすぎちゃったね。大丈夫だった？　柚寿の紹介の仕事だから、しっかりやらなきゃって思ったんだけど」

「じゃあ、やっぱり無理してた？」

「柚寿はアナル、あまり好きじゃないんだね。そういえば作品でもあまり書いてないね」

「わざわざ書こうと思わないからね。必要に迫られても五行が限界かな」

「男の人はどうなんだろ。意外とアナルが苦手な人も多いの？」

「さあ、そういう人もいるよね」

「でも、少なくとも自分から相手のを舐める人は、舐められるのも好きなものだよね」

「人それぞれじゃないかな。というより——」

「だけど、フェラチオされるよりもクンニのほうが興奮するっていう人もいるみたいだし。そういう善きヘンタイさんって良いよね」

「そうだね、あのね、ちょっと声のトーンを落とそうか、テンコ」

ハイテンションな人間独特の高い声で淫語を連発するテンコに、信号待ちの人々が怪訝な目を向けている。

こんな仕事をしているとうっかりしがちだが、性的な事柄は表現物であれなんであれ、自分から触れたいと望むとき以外に一方的に突きつけられると、不快を超えて辛くなる人だっているのだ。それはテンコ自身がそうであったはずなのに。

「なにがあった、テンコ」

顔を覗き込み、瞳孔を確かめた。この子はヘンタイホイホイなところがあるので、悪い奴らに妙なことでもされているのでは、と心配になったのだが、テンコは人の気も知らず、顔を童女のようにほころばせる。

「私ね、やっぱりすっごくエロかったみたい」

「…………」

「だから、エロい自分に正直に生きることにしたの。もっとたくましく生きることにしたんだ」

「どういうこと？」

「ね、ちょこっと、じゃあ吉祥寺に移動しようか。あの居酒屋でいい？」

「えっと、じゃあ吉祥寺に移動しようか。あの居酒屋でいい？」

柚寿はテンコを引きずるようにして横断歩道を離れた。タクシーを拾おう。いまのこの子を、電車や静かな店に連れて入るのは避けたほうがいい気がする。

「私、セフレができたんだ」

テンコが、柚寿の耳元で囁くように言った。

「……えぇぇ⁉」

柚寿の大声に、周囲の通行人が、ひと際迷惑そうに振り向いた。

2

楠田は尻を撫でられていた。

全裸でホテルのベッドに四つん這いとなり、尻を高く突きあげている。枕を縦にして頬から胸に当て、左手でそれを抱き、右手でシーツに指を立てていた。

背後のテンコも全裸だが、その姿は見えない。ただ彼女の両手の指先が、尻肌をゆっくりとすべる淡い感触を受け止めるしかない。

「今日はここだけでどれくらい感じるか、試してみたいの」

数本の指がかすかな感触で、太腿の裏から尻を伝いあがる。

それだけで微電流が皮膚を走り、膝がひくつく。

テンコのほうは声の位置からして、パソコンでも叩くかのような姿勢で、目の前の楠田の秘部を見おろしているらしい。

テンコと週に一、二度のペースで会うようになって二ヶ月近くが経っていた。

毎回、ラブホテル街近くの喫茶店で落ち合い、最初に使ったこのホテルに来る。利用時間は三時間。たまに互いの翌日の余裕次第で、一、二時間の延長もある。

フェラチオの流れで肛門を愛撫してくることはよくあった。先日はそのことを取材で話したらしく、アナルを極めたいと発言したらしい。

「公言した以上、やってみなきゃと思ったわけ？」

尻肌をなぞられる淫感に耐え、皮肉っぽく言った。

「そうじゃなくて、他人に話すことで、秘密の淫靡《いんび》感《かん》がなくなってしまうのよ。ここではネタにしたこととは違うことをして、私とあなただけの秘密をつくりたいの」

私とあなただけの秘密を、と言われて悪い気はしない。が、

「違うことって？　言っとくけど俺、ブツを挿れられるのはNGだからね。S字越えとか無謀なことを考えないでね」

ベッドに横たわっているアナル用ディルドを、楠田はドッドッと心臓を高鳴らせながら見た。テンコがネットで購入したものらしいが、黒いシリコン玉の連なる微妙に湾曲した物体は、蛾の幼虫の化け物みたいで、怖くてチンコが縮みそうになる。

テンコが爪を寝かせた十本の指で、尻から太腿を撫でおろした。

「いやだと思ったら、そこでそう言ってくれればいいから」

言えんのかな、俺――

尻の両脇を寝かせた爪で撫でられた。尻肉がきゅっとこわばり、陰茎に電流が走る。

テンコの姿が見えないから、指の動きが予測できない。

「子供のとき、ピアノの弦を、直に触って叱られたことを思い出すな」

「うん？」

「うちにあったピアノを、調律師さんが年に一回、調律しに来てたの。ピアノの蓋を開けて、鍵盤で音を鳴らしながら、弦を締めたりゆるめたりするのね。アップライトのピアノ

だから、ふだんは母がビロードやレースのカバーをかけて、ぬいぐるみや楽譜を置いていたんだけど。私ずっと、いつか自分で蓋を開けて、その弦を触ってみたくてたまらなかったの」

「へえ」

「十歳のときにやってみたの。家族がいないときに、椅子に上って、蓋をあけて、中に手を伸ばして、弦に指をすべらせた。ハープみたいに、とてもきれいな音がした。でも、その瞬間、怖くてたまらなくなって」

「どうして」

「音が、痛い、って言っている気がしたの。私のしていることは、ピアノの身体を無理やりこじ開けて、中の神経を直に弾いているようなものだった。急いで蓋を閉じて、ぬいぐるみとかを元通りに置いたんだけど、私、その後もドキドキするのが収まらなくて、指がずっと熱かった。自分の部屋に戻って、ベッドに戻って、両手を胸に当てたまま、じっと動けなかった」

「そう」

「でもそのとき、ずっとここがうずうずしてたの」

　ここ、と言いながら、テンコが片手を楠田の尻から離した。自身の秘所を触っているのか。

ふたたび尻に当てられた指先は、ぬめりを帯びていた。尻肉がまたひくっと収縮し、腹まで引き攣った。

ぬめりの残る指を、テンコが尻肉の中心にすべらせてくる。

指の腹が、秘穴の縁に添えられた。触れるか触れないかの淡さで、すぼまりをそっとなぞりだす。

「う……っ」

縮まっていたはずの陰茎に血が流れていく。根元が溶岩の塊を孕んだように熱い。

弦を静かに弾くように、指が皺襞を撫でる。

自分では見たこともない皮膚の凹凸を、感覚によって教えられる。

顔の近くで気配がした。ぬるっと、濡れた柔らかいものが襞に触れた。

「うくっ……」

戦慄が皮膚を貫いた。まともに声が出ない。枕に顔を押しつけた。

「ンン……」

テンコは妖しい声を漏らし、舌をゆっくりと動かす。ねろり、ねろり……。ほんのわずかに触れた舌先で、生まれたばかりの幼虫が弦の上でのたくっている。

「あ、はぁ……」

くぐもった息が淫感を覆い、膜を張る。

吐息にくるまれた一点で、舌先が皺襞のくぼみをなぞる。ささやかな裾野をゆっくりと横切り、畝を登り、そしてまた麓のくぼみに濡れた感触を刻み込んでくる。

そのなめらかでありつつも緊迫した感覚が、皮膚の下に滲み、淫感の粒子を注ぎ込んでくる。

内臓がじわりと火に炙られる。火が陰嚢に溜まり、根元がドクッと脈を打つ。

「あぁ……はぁ、はぁ……」

テンコの吐息が荒くなる。舌は動き続ける。

舌先から、たらり、と生ぬるい感触が下りてきた。テンコの唾液が会陰を伝い、マグマを孕んだ陰嚢に垂れてくる。

「う、く……」

楠田は呼吸も忘れていた。枕から顔をずらし、食いしばった歯の隙間で息を吐いた。

舌はうねり続ける。

肛門の括約筋はひくひくと引き攣りを繰り返しているのに、表面の皮膚はなめらかな感触に強制的にほぐされていく。

涎も止まることなく会陰を伝っている。

舌先は皺襞をじっくりと舐め、何周もして、動きを止めた。そうして皺穴の、さらに中心に狙いを定める。

甘い圧迫が寄こされた。

「ぐっ……」

腰と膝が、ビクンッと痙攣した。陰茎に痺れが走る。

テンコはそのまま、肛門に舌先を突き立てる。

尖らせても柔らかな舌が、圧迫感を内臓にも伝えてくる。

「だ、め……」

腰が逃げた。テンコが尻を手のひらで押さえる。

「んん……」

なだめるような声を出し、さらに一方の手を、陰嚢に這わせてきた。

「あぁぁ……」

粘液にまみれた肉肌が、ゆっくりと揉みほぐされる。手のひらとともに、陰毛が表皮で蠢いている。さらにその手はときおり会陰を指圧するように優しく押し撫で、そうしてまたマグマ溜まりの表皮を包み込む。

「やっぱり、ここも触りたくなっちゃう」

さらにもう片方の手も内腿の間に忍び込ませ、陰茎を握りしめてくる。

「やめっ……」

「すごい、こんなに硬い……」

なめらかすぎる肌触りが、根元を上下にすべり、鋼のような硬直を教え込んでくる。

ビクビクッと分身がわなないた。

内部では興奮が渦を巻いている。その表面を手のひらがみっちりと押し包み、上下にしごきだす。根元から先端まで、すみずみを擦りあげてくる。

ビクッ、ビクビクッ――。テンコの手の中で、分身が暴れて止まらない。

胴肉を握りしめられたまま、テンコの指先に、亀頭の先端をさすられる。

「はぐっ……」

「あぁ……」

肛門でテンコが悩ましい声を出す。

触れられた先端は、ぐっしょりと言っていいくらい、粘液に濡れまみれていた。

テンコの指が、鈴口のあわいをなぞりだす。爪先の感触が、びりびりと甘い刺激を与えてくる。先走り汁が尿道をふくらませ、だらりと垂れ落ちる感覚までする。

「うっ、くぅぅ……」

喘ぎのはざまで必死に息をした。欲情が肉を裂いて噴き出しそうだ。背骨がくの字にたわんでいく。

肛門と陰嚢と勃起肉と、三箇所を襲う凄まじい快感に、もう、どこをどうされているのかわからない。血管が全身でふくれあがり、興奮を滾らせている。脳までごうごうと焼かれる音が耳の奥で響いている。

「ンン……あぁ、はぁ……」

テンコも舌をつかい続けて疲れているだろうに、さらに力を込めてうねらせてくる。息づかいがますます荒い。息に獣じみた濁音も混じっている。

「道具なんか、いらない……この味が、好き……もっと奥まで舐めたい……」

肛門の裏側の縁で、舌先が躍った。ナメクジがすぼみに身体をねじ込み、粘膜に頭を擦りつけたような感触が走った。

ガクンッと腰が突きあがった。

「やめ……」

女みたいな悲鳴が漏れた。

「ン……」

ぬるぬるの手のひらが、勢いをつけて肉茎をしごきだす。根元から亀頭まで、唾液と楠田の体液の混じったぐちょぐちょの感触で擦りあげてくる。

手のひらと肉肌が二重に肉芯を摩擦する。

先端付近の皮膚が亀頭を半分ほどまで覆っては、カリ首の皮膚を下に引っ張る。

先走り汁をだらだらと漏らす鈴口は指の腹でしきりに摩られている。

なにをされているんだ。

陰嚢をつかまれ、餅のように捏《こ》ねられた。

肛門のナメクジが太くなる。どんどん奥に侵入してくる。圧迫感が一直線に肉体の中心に迫ってくる。

「やめっ……やめろぉっ！」

怒鳴り声が出た。

瞬間、強烈な射精感が勃起肉を貫いた。

「あぁぁぁっ……！」

興奮が弾けた。濁流が陰茎を駆け抜けた。

精汁が肉先から迸《ほとばし》る。

「あ、あ、あぁぁ……」

止まらない。熱いどろどろの液体が本流を逆走って胴肉全体を痺れさせ、三度、四度と噴出する。

精液も、汗も声も解き放ち、楠田は全身をくの字に曲げてシーツをつかんでいた。

その間、テンコは舌をうねらせ、分身を延々としごいてくれていた。


シャワーの湯が降り注ぐ。

楠田はバスチェアに座り、蹲《うずくま》るようにしてアナル用バイブを洗っていた。

頭からかぶっているシャワーの湯が睫毛に垂れ、目がしょぼしょぼとする。

結局、使いはしなかったのでテンコがそのまま鞄に仕舞おうとしたのを、洗うと言って持って入ったのは自分だが、

「仕事してんのかよ、俺」

ひとりで愚痴った。口の中にも湯が流れ込む。

部屋に戻ると、テンコは裸のままベッドのヘッドボードにもたれ、スマホを弄っていた。

胸から下はかけ布団にくるんでいる。

楠田は冷蔵庫からビールを二缶取り、彼女の隣に入った。

コンドームはサイドボードに置かれたままだ。射精したのは自分だけで、テンコにはまだなにもしていない。あと二時間くらい延長していいだろうか。訊きかけたとき、

「ね、いま渋谷近辺のラブホを調べてるんだけど、おもしろそうなところがいっぱいある。次はここ行ってみない？」

テンコがスマホのパネルを見せてくる。

「ここは露天風呂があるんだって。あとね、ブランコ付きの部屋とかもある。ブランコでどんなプレイをするのかな」

「撮影でやったことあるけど、基本的には男が乗って漕ぐんだよ。女はその前で待ち構えてるの」

「裸で？」

「裸で。で、やってきたチンコを一瞬だけ咥えるの。タイミングと位置が合わないと上手く口に入らなくて、歯に当たったり、女優さんの目を突いたりする。だからどっちもかなり気合いが入る」

「おもしろそう」

「ちなみにその作品のタイトル、『チン食い競争』」

「いいね」

「いいか？　立木監督がつけたんだけど」

テンコがスマホのテキストに、ブランコ、チン食い競争、と打っている。取材かよ。

「やってみたい。次はこのホテルにしよ」

「俺はここが楽」

楠田は言い流し、缶ビールのプルトップを開けた。初めてのホテルで、もしも知らないシステムに出くわして、ちょっとでもまごついてみろ。最低限の主導権も取れなくなる。

「どうして？　ここのポイント貯めてるとか？　たまには私が払うよ。自腹の取材費みたいなものだし」

「いや、べつに」

「いいのよ。私、けっこう、あなたたちのところからいただいてるのよ」

知ってるよ。おまえの領収書だって俺が用意してんだよ。いまだって、雑談となるとぴったりとくっついてこないおまえと俺との数センチの間に、経済的格差まであることを思い出させないでほしい。

「なに？」

テンコがスマホを手にこちらを見た。

「いや……なんかさ、腹減っちゃった。ここ出たら飯でも食いにいかない？」

「なにが食べたいの？」

「麗美はなにが好き？」

「うーん、いまは特に思いつかないな」

長い睫毛がまたスマホに伏せられる。

な。こいつはセックスや仕事に関係のない話になると、途端にテンションが下がるんだ。

「ふだんさ、ひとりのときはどんなの食ってんの」

「適当かな。冷蔵庫にあるもので適当」

「俺さ、休みの日に家でひとりでいると、なんとなく冷蔵庫を開けちゃうんだよね」

缶ビールをサイドボードに置き、楠田は手を頭の後ろで組んだ。

「べつに腹なんか減ってないし、中になにがあるのかもわかってるのに、しょっちゅう冷蔵庫を開けて、中を見ては閉じる、てのを繰り返しちゃうんだ。ひとりでパッタンパッタン、我ながらなにやってるんだろうなぁ、っていう、そんなことってない？」

「さあ、どうだろ」

ちょっとしたプライベートっぽい話をしたかっただけなのだが、テンコは興味なげに、スマホばかり見ている。

楠田はまた缶ビールを取った。

「どうする。延長する？」

「どっちでもいいよ。私、わりとさっきので達成感あるし」

「あと三十分あるな。俺、やっぱ腹減りそう」

「ねえ、そういえば擬似精液ってどうやってつくるの？」

「は？」

「この前、見学したとき、いい匂いしてたから。調べたらバナナゼリーとかコンデンスミルクとかを使うらしいけど、なにをどういう配合で混ぜるの？」

「企業秘密」

「え、そうなの？」

「教えてほしいんなら、そのスマホ置いて」

「う、うん……」

テンコが素直にスマホを置く。

楠田はそれを取り、サイドボードに置いた。

「布団を剝いで」

「え……」

「ここに寝て、俺に向かって股を開いて」

「……もう」

テンコがやっとこちらを見て、くすくすと笑う。

うるっせ、なにがおもしろいんだ。

布団を剝いだ。全裸の彼女を押し倒した。

片脚を肩にかけ、乱暴に組み敷いてやる。顔と顔が間近に重なる。テンコは体勢的に辛いだろうに、わかっていたように口角をあげる。

先刻の一戦で、化粧がいくらか剝げている。アイシャドーは落ちてパンダ目になっている。頰の赤みはチークではなく、性行為を前にした欲情によるものかもしれない。唇は口紅が半端に残っている分、逆に乾いて艶がない。あどけなく整った顔貌が見せるこの崩れが、生々しく卑猥だ。

そして大きな目はうっとりと二重を深くして、まっすぐこちらを見あげている。

これが気に食わない。先刻は俺ではなくスマホばかり見ていたくせに。これは、カメラを向けられた紫城麗美のスイッチが入っている顔だ。

俺はそう、こいつにとってのカメラ。こいつの淫情を引き出す装置。世間でいう遊び相手。セフレ。都合のいい男。愉しめるチンコ。

でも俺は知っている。二日前もおまえが出ているテレビを観た。エロ女流作家としておまえはきっちり振る舞って、皆がその巨乳ばかり観ている画面の下の、テーブルの陰で、おまえはやっぱり薬指を小刻みに動かしていたんだ。

「んっ……」

乾いた唇にキスをした。テンコは性技の一環として受け止める。舌を絡め、あぁン、と甘い声を出す。あぁン、じゃねえよ、このやろう。

テンコの舌をねぶりながら、楠田は自身の陰茎をしごいた。欲情は漲《みなぎ》っている。しかし欲情を具現化するためのエネルギーがまだ充足していない。どうすればいいか。

唇を嚙んだ。

「ぁっ……」

テンコが痛みに肩をヒクつかせる。その反応が、じわりと股間を疼かせる。

顎も首筋も嚙んだ。皮膚をきつく吸う。キスマークでもつけてやりたい。だが顔やデコルテは撮影で問題があるだろうから、腋窩《えきか》や乳首の周辺に歯をたてる。

乳房の下輪部を吸った。

「あ、ん……」

テンコはその間、じっと痛みに耐えている。

口を離した。赤い内出血が見られた。テンコの皮膚についた俺の跡だ。

「どうなったの、見せて……」

テンコが胸を見ようとする。

間髪を容れず、その横に歯を立てた。

「きゃっ……！」

テンコが本気で痛がる悲鳴をあげた。無視した。ギリギリと上下の歯をしごくように皮膚を嚙みしめた。

「痛いよ、やだっ……！」

セックスでイク寸前よりも、差し迫ったテンコの泣き声を聞いている気がする。

口を離した。乳房にくっきりと歯形がついていた。

その歯形を舐めた。この舌が鑢《やすり》になって、皮膚を削いで吞み込めればいいのに。そんな飢えた思いとは裏腹に、

「あぁ……」

テンコは痛みから解放された、心地好さそうな安堵《あんど》した息を吐く。

吐いた息がまた吸われる、直前に、今度は脇腹に嚙みついた。

「きゃうっ」

痛いか。知るもんか。

陰茎はいつの間にか、挿入が可能な程度に大きくなっている。

楠田はサイドボードのコンドームを手探りで取った。

テンコの片脚を高く掲げた。テンコを睨むように見下ろし、ゴムの袋を嚙みちぎった。ゴムを装着した。ペニスを中心部にねじ込んだ。一気に奥まで貫いた。

「あぁぁ……」

テンコは恍惚《こうこつ》の表情を浮かべ、天井を半眼で見上げる。

屹立を深く打ち込みながら、また乳房を嚙んだ。

「痛いだろう、麗美。もっと声を出せ」

「はぁうぅン……」

テンコは従順に感じた声を出す。

分身がいきり勃ってくる。抽送をはじめた。腰を振りながら、テンコの肌のあちらこちらを嚙み、皮膚を吸い、歯形とキスマークをつけた。

畜生。こんなことをしたいんじゃない。おまえだって、本当は優しくしてほしいんじゃないのかよ。

テンコは嚙まれ、突き抜かれながら、悲鳴と喘ぎを放つ。

悩ましく仰け反った美貌のその唇から、もっと本物の悲鳴をたぐり寄せたい。テンコの口に手を伸ばし、指を突っ込んだ。

「がはっ……」

テンコが噎せる。唾液の粒が飛び散った。

中指で喉の奥の口蓋垂を押し揉んだ。喉ちんこと言われる場所だ。ぬめるふくらみを圧し擦った。

テンコは真っ赤な顔で嗚咽を放ち、口から粘液の飛沫をあげ、楠田が指を離すと、がぁがぁと濁音混じりの息をして、

「もっと……」

陶然と狂ったような目つきで、うわ言のように言う。

「もっと、強くして……」

瞳は宙を見ている。手はがっしりとシーツをつかんでいる。

楠田は一心に腰を振り抜き、テンコの豊かな乳房を鷲づかみにする。力いっぱいひねりあげる。

「きゃあぁぁっ……」

テンコが絶叫を放つ。同時に膣肉がぎゅうっと分身を絞りあげる。

腰を動かし続けた。抜くときは蜜粘膜を引き摺り出すように。突き挿れるときは子宮ごと内臓を撃ち抜くように。凶暴な獣のように。

「あぁぁっ、あぁ……」

そうして、テンコは徐々に、身体を前のめりに曲げていく。

楠田にすがりつくのではない。ただひとり、胎児のように身を丸める。突っ込まれている性器は快感を得るためのみの器官。相手のことなど見てもいない。

「あ、あ、あ……」

そのくせ、テンコの手指が、楠田の腕をつかもうとする。汗ばんだ手のひらが、二の腕をすべり、つかみやすい肩をさがそうとする。

「楠田さん……」

貪欲さだけで名前を呼び、こちらの欲情を煽《あお》ってくる。

「麗美……感じるか」

「もっと、もっと……！」

テンコの脚を押し開き、いっそう怒張を突きたてた。二の矢、三の矢を打ち続ける。

「あぁっ！」

凄絶な声をあげ、テンコがさらに身を曲げる。

弾みでテンコの手が楠田から離れた。

すぐさま指先が宙を掻き、楠田の背を探す。

「あ、あぁあ……すご、い……」

テンコが悶えよがりながら、わななく指で楠田の肩に触れた。

しかしふたたび触れたその手には、今度は遠慮があった。肩をつかむことはなく、その上でこわばる拳を握っている。

激情の中で、相手との距離を忘れない、醒めた理性を保っている。

楠田も、その手をつかませてはやらない。脳は興奮で沸騰しているのに、テンコを見下ろし、凝視する自分の目は昏《くら》い。

屈曲した胸で、豊麗な乳房が写真のブレのように揺れていた。楠田のつけた嚙み痕や内出血の痕が赤い炎のように眼球を射つ。髪が乱れ、化粧の剝げた顔も歪みきっている。

楠田はひたすら息を荒らげ、腰を打ち振る。

「すごい……あぁっ、あぁ……っ」

テンコの伸ばした指先が楠田の耳を掻き、頰のそばで止まった。

「は、あ、はぁぁぁぁぅっ……！」

肩に掲げたテンコの脚が、激しく痙攣した。

腕も腹も引き攣り、汗の雫だけが脇腹の内出血痕の上を伝う。

息の絡み合う間近まで顔を寄せ、腕は抱きしめ合う寸前の形でありながら、性器以外に繫がっている実感のないまま、楠田もゴムの中に興奮の精汁を放った。

そして二度、三度と腰を振り、残りの精液を放っている間に、テンコの手はシーツに戻っていく。いまだなまめかしい息を吐きながらも冷静というかいわゆる賢者タイムになりつつある彼女は、自身の膣内で吐精を続ける楠田の根元を、なにかすごいオブジェのように、うっとりと眺めるのだった。

3

深夜十一時。テンコはパソコンのキーボードを打っていた。濡れ場。ソファに押し倒されたヒロインを、義兄が舌や指で執拗《しつよう》に責めたてている。

書きながら呼吸が速まってくる。じんじんと陰部が疼いている。疼きを椅子に擦りつけるように、腰が自然とくねりだす。

これだったんだ。

悦びが腑に落ちていた。疼きがとろりと秘裂からこぼれ、下着を濡らすのがわかる。書きながら疼いてオナニーしたくなるほどの欲情が湧く。人が言っていたのはこの感覚か。

男が張り詰めた亀頭で女唇のあわいを上下する。もう散々ほぐされて熟しきった媚肉は、その感触だけで敏感に反応する。

快感が危ういほどに差し迫る。欲しい、欲しい。ヒロインはひりつく欲望の淵で喘ぎ悶えることしかできない。

挿ってくる。ああ、彼の雄々しい輪郭が、私の中心にめり込んで――

……なのに、肝心なところで言葉が止まってしまった。

テンコは手をジャージと下着の下に潜り込ませた。秘所はハチミツを垂らしたかのようにぬるついている。裂け目の中心を中指でなぞり、ゆっくりと沈めていく。恥骨の裏側にあたる部分を擦りあげた。

「はぁ……」

これが本物のペニスだったらすぐにイッてしまいそうだ。熱い快感と絡まるように、じゅわりとまた蜜が湧く。

左手をうねらせながら、右手でキーボードを打ち続けた。片手打ちだと時間がかかる。でもいったん自身を触りだしたら止められない。もどかしい。もう一本、手があればいいのに。早くこのふたりをイカせて、ベッドに飛び込みたい。

あ、そうだ。

テンコはいったん寝室に向かい、ベッドのサイドボードの引き出しから黒いディルドを取り出した。またパソコンデスクに戻った。

楠田と購入した、吸盤付きの据え置きタイプだ。女性がひとりで使うときは、床に置いて騎乗位スタイルにしても良いし、壁に貼りつけて後背位スタイルで行うこともできる。

ジャージと下着を片脚だけ脱いだ。ディルドの吸盤面を座椅子に当て、先端に秘裂をあてがった。そのまま静かに腰をおろしていく。

「あぁ……」

みっちりと奥まで埋まった。短めの玉無しタイプなので、ふだんどおり体重をかけて座ってもつっかえない。その上、全体が前向きに湾曲しているので、腰を前後するだけで、先端部が膣の天井を甘やかに刺激する。

「あ、ン、ぁン……」

声を出しながら、両手でキーボードを打つ。どんな喘ぎをつい放ってしまうか。膣粘膜のどこがどのような愉悦を覚え、蕩けてしまうのか。実体験の臨場感に急き立てられて、はかどって仕方がない。

「あぁ、あぁ、あぁぁぁぁ……」

義兄が怒濤《どとう》の突き上げを開始する。アグレッシブに角度を変えて、膣粘膜のあらゆる箇所を打ち擦る。

本当は女性の膣は、単調な動きによって快感が高まるようにできている。いきなり角度を変えられたり緩急をつけられたりすると、せっかく高まっていた快感がリセットされて冷めてしまう。

　でもそのことで男が気持ち良いのなら、こちらも気持ち良い。楠田がテクニックを考える余裕もないくらい一心不乱に突き込み、一直線に射精に向かっているのは、膣ではなくて子宮で感じる。彼の切羽詰まって歪みきった表情と、粘膜が破けそうなくらいの激しい突き上げに、脳が弾けてからだが悦喜の塊になる。

「はぁンン……」

　いやらしい悲鳴をあげて、ヒロインが達した。続けて義兄もイカせた。テンコは達成感と欲求不満を胸にふくらませ、椅子に片脚を乗せた。中心部を、ディルドで力いっぱい突き込んだ。

「あ、はぁ、あぁ……」

　すぐに軽くイッてしまった。でも淫感はまだ重く残っている。とはいえ腕の力がもう限界だ。ディルドを抜いた。ぱっくりと口を開いた女唇と黒い亀頭部の間で、透明な粘液が長い糸を引いた。太い胴部の血管を模した凹凸のくぼみにも、淫らな蜜がたっぷりと付着している。

　これ、けっこう洗い落とすのが大変なのよね。昨日、楠田にそう言うと、へえ、と意外そうな反応だった。楠田は職業柄か、ディルドの衛生面に気を配り、毎回、必ずゴムを装着する。だからそう洗うのに苦労することはないらしい。自身のペニスには言わずもがなで装着する。

べつに、生でもいいんだけどな――

まだぬるついている蜜唇をなぞり、テンコは口の中で呟いた。

肌を撫でるようにタンクトップをまくると、腹や乳房に、彼の歯形やキスマークがついている。

撮影で困るような箇所についていないのはさすがだ。でもその理性が少し淋しくもある。

理不尽な不満だ。コンドームに対しても少し不満に思う。

関係をはじめて約二ヶ月。本当は何度か、そのままで欲しいと思うときもある。想像だけの中出しシーンを描きすぎて感覚が麻痺しているのだろうか。もちろん、実際にされればその直後から次の生理が来るまで気が気でなく、後悔で情緒不安定になってしまいそうだ。

だけど欲しいと思ったときは、後のことなどどうでもよくなる。いま身体を満たしている衝動に、身をまかせたくなる。いちばん気持ち良いのは、彼がイク直前だ。いま自分の中にいるこの人のすべてを、滝のように流し込まれたいと思う。

でもその気持ちを楠田に伝えたことはない。言えば引かれるかもしれない。セフレ相手に余計なリスクを背負えるかと、身も心も萎えられてしまうかもしれない。

あるいは、言ったとおりに中出しするのかもしれない。そう扱っていい女なのだと、残酷な男の顔を見せてくるのかもしれない。テンコはそのことがいちばん怖い。せっかくセフレとして割り切った関係を築けているのに、またエロ女に対する男の身勝手さに傷つけられるようなヘマはしたくない。

背もたれに頭を預け、目を瞑った。指はいまだ疼きの残る女陰をなぞっている。ほぐれてまだ柔らかい裂け目に爪先を挿し込んだりしている。

昨日は楠田から、ホテルの後に食事に誘われた。でも断った。多勢のチームワークで仕事をする彼にとって、他人との食事や雑談はなんでもないことなのだろうが、コミュニケーション能力にまったく自信のないテンコには、ハードルの高い行為だった。突然、「ひとりのときはどんなの食ってんの」などとプライベートなことを訊かれただけで、喋り下手な素の自分が出てしまい、緊張で頭が回らなくなる。

それよりもテンコは、仕事のことを話しているときの彼に安心する。

彼が真面目に仕事に打ち込んでいる人であるのは、実際に見学した現場から、ふだんの彼との会話からもわかる。

仕事の話を楽しそうにする人に、悪い人はいないと思う。そのとき、その人は善き顔を向けている。エロ女がふだんは他人から向けられない、その人の誠実さやひたむきさを、たまたま似た職業であることを理由に、彼から見せてもらえることが嬉しい。

中指の先で、蜜肉はまだ濡れている。指を動かすと、また敏感に疼きが走り、ひくっと尻が動く。

スマホを取った。十秒迷って、楠田の名前を出し、また六秒ほど迷って、その名前に触れた。

2コールほどで彼が出た。

「もしもし、どうした」

いつも連絡はラインで取り合うので、電話で声を聞くのは初めてだ。こんな優しい声音を出す人だったかと、耳朶《じだ》が甘い驚きを覚えた。

「ごめんね、起きてた？」

「起きてたよ。そろそろ風呂に入ろうとしてたところ」

ではまだ、今日一日の彼の匂いをまとっているのだ。鼻腔の奥に、いちばん最初に彼と寝たときの、男臭い肌の匂い、皮脂や腋臭《わきが》の匂いが蘇る。

「たいしたことじゃないんだけど、できれば急いで訊きたいことがあって。擬似精液のつくり方、聞くの忘れちゃったから」

「なに、またその話？」

「仕事で必要なの。良かったら」

「そうだなぁ」

楠田が冷蔵庫を開ける音がした。続けてプルトップを開ける音。

「人によって微妙につくり方は違うんだけど」

風呂に入る態勢から落ち着いて、電話する状態をつくってくれたようだ。

テンコはスマホを耳に押し当て、陰唇に当てている指を動かす。

「俺の場合は、最初に卵白を濾《こ》すんだよ。濾し器に入れて、自然に濾されるのを待つ。それだけで二時間かかるから、スタジオにはいつも二時間は早く入ってるんだ」

「二時間も？」

「卵白が濾されると、コンデンスミルクやバナナゼリーなんかを混ぜて、原液をつくっていく」

「原液？」

「俺は三種類、つくるから。フェラ用と外出し用と中出し用と。ぜんぶトロミを変えるんだよ」

そこから楠田は、原液の粘度を変える方法や、その理由を説明した。ほかの精液職人ならしなくてもいいようなことを、彼はわざわざやっていること。自己満足に過ぎないが、つくる以上は全力を尽くしてしまうこと。そんなことが伝わってくる。テンコはスマホを耳に押し当てる。楠田の仕事モードの響きが心地好い。

「中出しはアップで撮ったときにスムーズに流れるほうがリアルだから、トロミを少なめにする。薄めるのに俺は、スポーツドリンクを使うんだ。透明だし、含まれている糖分がほどよい粘度を与えてくれる」

「それは楠田さん独自の製法なの？」

「いろいろ試してる。季節によっても配合は違ってくるし、冷蔵庫のないスタジオや野外ではまた工夫が必要」

　中指を秘唇の奥に挿し込む。粘液に満たされて、ぐずぐずに蕩けている。

「フェラ用はやっぱり自然の唾液のトロミがいちばんだから、女優さんに唾液を出してもらうんだ。そのためにクエン酸を加える」

「わぁ、酸っぱい」

「酸っぱく感じるほどじゃないけど、クエン酸の成分があるだけで舌は唾液を分泌するんだよ。俺もつくりながら、いつも唾が湧いてくる」

　くす、と笑った。薬指も挿し入れた。蜜肉の天井部を軽く圧して、一度、くねらせる。ぅふ……。吐息が漏れる。

「麗美」

「うん……？」

「声が、濡れてる」

そう言った楠田の声も、甘い響きを含んでいた。

「バレちゃった……？」

素直に甘え声を出し、指をもっと強くうねらせる。もう、たまらなくなる。

「ん、ん……」

いやらしい声を出してしまった。楠田は受話口の向こうで、じっと聞いている。

「俺も、実は触ってたんだ。おまえの声、聴いてると、手が自然と下にいって」

「ん……」

なんだか泣きそうになる。腰がひくっと震えた。

中で指をうねらせながら、手のひらで恥丘をつかむようにして、陰核に擦りつけた。

「触って……一緒に……」

「触ってるよ……おまえの口だと思って、握りしめてる……」

くぐもった性的な吐息が、耳朶から身体の中に沁み込んでくる。

「麗美は、どんな格好してるの」

「椅子に座ってる……あなたは？」

「さっきまでパンツの上からだったけど、いまは直に……」

受話口の向こうで、スマホを耳に押し当て、部屋着に手を潜り込ませている楠田の姿が瞼に浮かぶ。どんな部屋なのかは知らない。でも思い描くのは彼を見慣れているホテルではなく、一度だけ目にした、撮影スタジオの日常に近い空間だ。床に座り、彼は荒い息を吐いている。部屋着に潜り込ませた手に力を籠め、ゆっくりと上下させている。

淫感が切なく込みあげる。

「あのね……ここに、ディルドがあるの」

「挿れろよ」

熱を帯びた命令口調の声に、子宮がずくんと痺れた。

「うん……」

「挿れるところ、聴かせて」

「うん……聴いて……私のいやらしい音、聴いて……」

尻の下に挟んでいたディルドを手にした。

蜜液はもう乾いて、ベトついている。楠田なら、一度、洗浄すると言いだすところだ。

太く傘を開いた先端を、欲情の肉縁にあてがった。そのすぐ横に、スマホの送話口を翳《かざ》す。

シリコンの胴部をつかんだ。楠田もきっと同じ強さで、屹立を握りしめている。

亀頭部を、まっすぐに埋めた。

「あぁっ……」

快美感が突き抜けた。さっきよりすごい。テンコは太腿を震わせながら、剛直を挿し込んだ。

潤みきった蜜肉が、ごりごりと筋の浮いた肉肌を、根元まで呑み込んでいく。

「あぁ、あぁ……」

クチュッ、グチュッ——

すぐに手が慌ただしく動きだす。蜜粘膜とシリコンの擦れ合う淫らな音を響かせて、子宮口手前のもっとも感じる場所を打ち擦る。

「はぁ、はぁ……楠田さん……聴こえる……？」

スマホを耳に戻した。

「あぁ……れ、み……あぁ……」

楠田も低く湿った息を吐いている。

その呼気のぬくもりを感じながら、テンコはひたすら自身を打ち抜く。

「はぁ、はぁ、はぁ……」

「あぁ、あぁぁぁ……」

鼓膜と脳を繋ぐ回路が溶けていく。

自分の体内で鳴る音。送話口から受話口に響く自分の喘ぎ。速さを増す楠田の吐息。共鳴するようにテンコの手の動きも速くなる。吐くよりも吸うほうが多い呼吸を繰り返し、肺が震えるような長い喘ぎを漏らし、ふたり一緒に、快感の波に溺《おぼ》れていく。身体中、頭から爪の先まで、吐息で繋がったひとつの器官になる。

「麗美、感じてるか……?」

「楠田さん……電話だと、声、優しいのね……」

そう言った途端、楠田の声が止まった。もしかしたら、白けることを言ってしまったのだろうか。

「あは、ちょっと新鮮でいいなって……」

「麗美……」

楠田がなにかを言おうとする。待って、やめて。私はちゃんとわきまえている。

「イキそう……私、もう、イッちゃう……」

「麗美……イケ……俺も、イクよ……おまえの中で、イクよ……」

うん、気持ち良い。気持ち良いね。そう言えるだけでも気持ち良い。

「きて……私の中に……出して……いっぱい……あぁ、あぁぁ……」

楠田の声を強く握りしめ、テンコは激しく腰を突きあげる。絶頂の高波に身を委ねていく。

第四章

1

吉祥寺のライブハウスGB。錠のバンドのライブを終えたいま、会場は三十人を超す業界関係者が集まっての打ち上げの宴席となっている。

かれこれ三十年以上の付き合いのあるこの小屋で、錠たちが仲の良いミュージシャンや関係者たちと、酒を片手に飲み騒いでいる様子を、柚寿は厨房のカウンターごしに、肴《さかな》を用意しながら眺めていた。

「今日の錠さんたち、本当に格好良かった。いつも素敵だけど、今日は特別な貫禄があった」

「ありがと」

隣でテンコに言われ、柚寿も生ハムを切りつつ、頬がゆるむ。

月に一度、この小屋で行ってきたライブも、来月からはユートとのレコーディングの準備に入るため、しばらく休むことになる。それを知った人たちが、ふだんより多く駆けつけてくれて大盛況のライブだった。打ち上げもいつもより大人数かつ差し入れが多いので、小屋のスタッフだけでは手が回らず、柚寿とテンコも厨房に入り、差し入れの骨つきイベリコ生ハムを切り分けるなどの作業をしている。

「やっぱり大きなステージを背負ってた人たちなんだね。それでまた、これから大きな舞台に戻っていくんだね。聞いているだけで私までワクワクするよ」

「うん」

大テーブルの中心の席で、錠は、桃灰色の革ジャンに、赤のレザーパンツ、鋲《びょう》のついた革靴という出で立ちで、派手に場を仕切っている。金髪のパイナップルヘアも今日はいっそう様になっている。

今日のステージは本当にイカしてた。ドラムは地鳴りの果てに音の洪水を起こし、ギターとベースはうねりながら天と地を縫い、波を支配して歌いあげる錠の声の轟《とどろ》きは、天と一本の線で繋がっているようだった。

受付にはユートからの花が飾られている。公式発表はまだだが、ユートとのコラボの話は身近な関係者には伝わっており、今日は大勢の人から期待の言葉を述べられた。ユートとのレコーディング・スケジュールも着々と決まり、錠たちも本腰を入れて準備しはじめている。

ひところは柚寿もナーバスになっていたが、忙しくなれば自然と心も高揚し、いまやるべきことに集中する。

この前は錠のほうから、ジョギングしようぜ、と誘ってきた。炎天下をふたり並んで走りながら、思った。竜宮城に運んでくれる亀さんは来たのだ。そして、この背中に一緒に乗ろうぜ、と、錠が手を差し伸べてきたのだ。その錠の自信に漲る顔が、たまらなく嬉しかった。このまま波に乗って、なにもかもうまくいく気がする。

「柚寿も飲みなよ。水割りでいい？」

「サンキュ」

包丁と生ハムで手の塞がっている柚寿に、テンコが焼酎の水割りをつくってくれた。

妊活のほうは、いまのところ成果が挙がっていない。でもまだ時期ではないということなのだろう。今日のところは自分も思う存分、祝杯をあげられる。

「テンコのほうもうまくいってそうじゃない。まさか今日、連れてくるとは思わなかった」

飲み騒ぐ錠と同じテーブルに、楠田昇もいた。事前にテンコから聞いていたとおり、チームワークに慣れている人当たりの良い若者らしく、誰かのグラスが空けばすぐにメニューを渡すなどの気配りも細やかで、錠などは彼の肩に腕を回して兄貴風を吹かせている。

「彼、吉祥寺に住んでいるらしくて。近所だからと誘ってみたら、興味持ってくれて」

「いい人そうじゃない」

「そうかな」

テンコは曖昧な表情で、生ハムにレモンとバジルのソースを添えている。

楠田と関係を持ちはじめて二ヶ月半。最初の頃のセックスハイはおさまったらしく、テンションは彼女らしい落ち着いたものに戻っている。

「柚寿、笑わないで教えてほしいんだけど。柚寿も昔、セフレがいたんでしょう。そういう、セックスだけの相手とうまく付き合うには、どうしたらいいのかな」

「そうねぇ」

笑いはしない。何十代向けの媒体のコラムでも、常に需要の多いテーマだ。人と人との関係にテクニックもマニュアルもあるわけがないが、今日のテンコ向けにひとつだけ言ってみる。

「私の経験でいえば、『ふだんと違うことはしない』ってことかな」

「『ふだんと違うこと』？」

「二十歳前後に付き合ったセフレとの話だけど。毎回、ホテルで三時間くらい会って、終わったらその場で別れるっていうのを一年くらい続けてたのね。でもあるとき盛り上がって朝まで延長して、ホテルを出てから近くのファミレスでモーニングを食べたの。そのときに、あれっ、て違和感を覚えて。べつにふつうに会話して、食べ終わったら一緒に駅に向かったんだけど、歩きながら、私の腰を抱いてきた彼の手の感触が、やけに重かった」

「重かった」

「ふだんとは違うことをして、朝日の中で正気に戻ったのね。正気に戻ったときに、これからもこの人と会いたいと思うか、逆に、もういいや、と思うかが鍵で。私は、この人とはお互いに役割を終えたな、と思った。相手もそうだったみたい。それきり関係が終わった」

隣でテンコのスプーンを持つ手が止まっている。ちょっと脅かしすぎただろうか。

「正気に戻って先に進むこともあるよ。私と錠もそうだったよ。最初はノリのセックスからはじまったけど、だんだんセックス以外でも会うようになって――」

「ふたりとは違うよ。私は柚寿みたいにできないもの」

テンコが珍しく柚寿の声を遮った。強い声だった。

思わず彼女を見ると、

「あ、だから……ふたりのノロケ話は参考にならないから」

テンコがぎこちなくつくり笑いを浮かべ、スプーンでソースを添える作業を再開する。

だったらいまはそういうことにしておこう。柚寿も包丁で生ハムをしごいた。

「まあ、よくあるセフレマニュアルには、『たまにはセックス以外で会う』ってのもあるよ。新鮮味を保つために」

「新鮮味かぁ、なるほど」

「テンコ、口開けて」

「え？」

テンコが素直に口を開けた。柚寿は切った生ハムを、小さなその口に入れた。

「どうだ、美味しいでしょ。これは新鮮な肉じゃなくて燻製だけど」

「美味しい」

もぐもぐとしてテンコが頷く。

「あんた、自分で思ってるより、いいやつだよ」

「なにそれ」

「さ、このお皿、皆さんに運んできて」

「オーケー」

テンコが皿を並べたトレイを会場に持っていった。

見ていると、何皿目かをテーブルに置いたところで、ベースの岡本が彼女に話しかけた。なにか冗談を言ったらしく、ふたりで吹き出している。

その斜め前の席で、楠田が彼らを眺めていた。表情はにこやかな笑みを浮かべている。だが刃のように細まった目尻に、粘い光が溜まっている。柚寿は思わず、包丁を持った手で頭を掻きそうになった。ただのセフレがあんな飢えた目つきをするかよ。さすがテンコが惹《ひ》かれるだけあって、こじれていそうな男だ。

生ハムを配り終え、テンコが楠田の隣に腰をおろした。と、入れ替わりに錠が立ち上がった。革ジャンの胸ポケットでスマホが鳴ったらしい。周りに手で挨拶し、スマホを耳に当てながら楽屋に向かっていく。

錠さえよかったら、自分もここを片付けたら、あそこに行こうかな。まな板を洗いながら思った。過去のセフレの話をしただけで、浮気をしたような気持ちになってしまった。あと三、四時間後にはふたりきりになれるのに、なんだかいま無性に錠が恋しい気分。

五分ほどかけてシンク回りをきれいにし、錠の水割りをつくって楽屋に行った。電話の内容が込み入っていそうなら、グラスだけ置いて引き返せばいい。

ノックしてドアを開けた。

錠がソファで、跳ねあがるように身を起こした。鋲のついた革靴がテーブルから床におりる。腕を組んだ姿勢で、少し休んでいたらしい。

「なんだよ、どうした」

「電話は終わったの？」

「おう」

「会場で皆さん、待ってるよ。もしかして疲れちゃった？」

「うん、ちょっとな」

「ここのところ、今日の準備とかレコーディングのあれこれであんまり寝てないもんね。でも大盛況に終わって良かったね。お客さんたち、すごくノッてて、みんないい顔して帰っていっ——」

「あのさ、柚寿」

錠が組んでいた腕を解いた。

「いまの電話、ユートからでさ」

おだやかな声だった。あ、と思った。錠の心にいまなにがあるのか、その声だけでわかる気がする。

「うん」

錠の足元に膝をついた。顔を見あげた。

この不安の埋み火は、ずっと柚寿の心にもあるものだった。

錠がつぶらな目を逸らし、また柚寿を見る。

「そういうことだった」

錠が膝に手を置き、笑って鼻で溜息を吐く。

「錠……」

「あいつは頑張ってくれたんだよ。最初から俺らと一緒に演るなんて、上のほうで反発があったに違いないんだ。あいつはまだまだ若くて勝負時だもんな。そりゃあそうだ。演るなら確実に勝負できるやつらと演んなきゃ。俺らとは違うよ」

錠は一気に言って、またソファにもたれた。

柚寿はその膝に手を置き、首を横に振った。髪が乱れるほど強く首を振った。

「おおい、そんな顔するなよ、柚寿ぅ」

錠が顔中に笑い皺を浮かべ、柚寿の頬を手のひらで挟む。

「実は俺、そんなにショック受けてないんだ。なんだろうな。もうとっくに、うまくいかないことに慣れちまってたんだな」

「錠……錠……」

「ただ、応援してくれたやつらには悪かったな。ぬか喜びさせちまってさ。メンバーもみんななにも言わないだろうけど、あいつらの家族は――」

「錠……！」

錠の首に腕を回した。ライブの後の、埃っぽい匂いと、汗の匂い。革ジャンの匂い。煙草の匂い。力いっぱい抱きしめた。

「はは、痛いよ、柚寿ぅ」

錠が柚寿の頭をぽんぽんと叩く。

「良かった、おまえ、今月も生理きたしな。良かった」

「なにが！　なんでそういうこと言うの！」

「いっこだけ、それがほんと助かった。おまえは悪運強いわ」

柚寿の頭をくしゃくしゃと撫で続け、錠は、うん、うん、とひとりで頷く。

亀さん。くそ、亀野郎。この人を背中に乗せておきながら、途中で正気に戻るだなんて、こんな形でほっぽり出すだなんて、どういうことだよ——。

2

「歩くとけっこうあるみたいよ。やっぱりいつものところにしようか」

打ち上げからの帰り道、吉祥寺を歩きながら、テンコがスマホの地図をチェックしている。

片手のアイスキャンディは、途中のコンビニで買ってから、まだ三口くらいしか齧っていない。

楠田のほうはもう半分以上食べている。なんとなくデートっぽい小道具になるかと思って買ってはみたものの、九月も終わろうとするこの時期、夜の空気はよそよそしいくらいにひんやりとしている。

テンコがスマホで見ているのは近隣のラブホテルだ。ライブの前は、せっかく吉祥寺に来たのだから、この周辺のラブホテルを開拓したいとの話だった。断る理由もないので楠田も了承したものの、テンコはいまになって知らない道を調べるのが億劫《おっくう》になってきたようだ。

「よし、いつものところでいいや。そこの大通りでタクシーに乗ろうか」

「アイス食いながらタクシーはやめようよ。酔い覚ましにちょっと歩くのもいいだろ」

楠田には慣れ親しんだ地元の道だ。次の路地を左に曲がると小さな寺があり、いまの時期はキンモクセイが静かに香っている。中に入れば大きな楓の木が立っており、幾重にも傘を描いて広がる葉は、そろそろ色づきだしているかもしれない。そういえばテンコ、楓って、葉っぱの形がカエルの手に似ているからカエルテ→カエデになったらしいぜ。おまえ、知ってた？

「なあ、次の路──」

「そうだ、柚寿にライン打っとこ。今日は忙しそうで、あんまり話せなかったから」

路地を通り過ぎ、テンコがスマホを操作し続けている。

「あ、そうだね。俺からもよろしくって伝えて。錠さんたち、すごい格好良かった。生ライブも久しぶりで、血が騒いだな。家に帰ったらロック系のＤＶＤとか観まくりそう」

「ロック少年だったんだ？」

「ってほどでもなかったけど、好きなミュージシャンは映像もついつい集めちゃっててさ。良かったら俺んち来て、一緒に観る？」

「ああ」

「わりと近くなんだよね。さっきの路地を左に曲がってちょっと行ったところに熱帯魚屋があって。その角を曲がった先の、豆腐屋とかがあるあたりなんだけど」

「でも、化粧水とか持ってきてないし」

「コンビニで買おうよ」

「うん、でも、ほかにもいろいろ……」

わかった。言ってみただけだ。そんな、どうやって断ろうか、なんて顔をしなくていい。

最後のアイスをふた口で平らげた。

「おまえさ、テンコって呼ばれてんだな」

三歩歩いて、テンコが「……ああ」と答えた。

「そうね、あそこでは柚寿がそう呼ぶから、錠さんたちも自然と」

「なんでテンコなの？　本名？」

「本名の漢字が、そんな読みっていうか」

「俺もテンコって呼んでいい？」

「どうして」

「なんか、新鮮味があるだろ」

「ああ」

「テンコ」

「え、いきなり？」

「たくさん呼ばれるうちに慣れるよ。テンコ、テンコ、テンコテンコテンコ」

楠田は歩きながら、テンコの名前を連呼した。一歩でテンコ、次の一歩でテンコテンコ。

アスファルトを踏みしめるごとに、テンコとの距離を縮めていく。

「テンコテンコテンコ。どうだ、もう慣れただろ」

「あは……」

テンコは相変わらずスマホを見ている。

「おまえも俺のこと、下の名前で呼ばね？」

「下の名前」

「昇っていうんだけど」

「へえ……」

わかった。この話はもういい。

「そろそろ通りが見えてきたけど、アイスはそろそろ食い終わ……」

訊きながらテンコを見た。瞬間、声が止まった。

テンコは俯いて、スマホとアイスキャンディで鼻先を覆っていた。まるでそんなもので顔を隠そうとでもするかのように。

頬が赤い。サクランボのような唇の、上唇が下唇を嚙んでいる。

「なあ、テンコ？」

おまえ、ひょっとしていま、照れてる？

「うん？」

楠田に呼ばれてテンコは顔をあげるが、その拍子にアイスキャンディを鼻の頭にぺちゃりとつけた。

腕をつかんだ。

「え、なに」

テンコが慌てた声をあげたが、今度は楠田が顔を見られたくない。

腕をつかんだまま、大通りと逆方向に歩いた。

「ちょっと、どうしたの」

テンコがアイスを落とした。かまわない。ずんずん歩く。おまえいま、麗美じゃないだろ。テンコだろ。

さっき言いかけたキンモクセイの寺に入った。

夜は誰もいない。生い茂る楓やイチョウの葉が砂利の剝げた境内に黒い影を落としている。ただひとつ剝き出しの電球が、ブロック塀で仕切られた自転車置き場を照らしていた。いまは自転車は一台もなく、ゴミらしきレジ袋やペットボトルが散乱するその小さなスペースは、路地からは死角になっている。

そこまでテンコを連れていき、塀に押しつけた。

「きゃっ……」

硬いブロック塀に肩をぶつけ、テンコが驚いた目で楠田を見あげた。

しまった。勢いが先走ってしまった。テンコの目に、相手の腕力で痛みを覚えたことへの怯えがあった。

「痛かったか、ごめん。大丈夫か――」

慌てて謝った。が、それはテンコの含み笑いにかき消された。

「やだ、もう。こんなところで？」

テンコを見返した。その表情から、さっきの怯えは消え去っていた。あの傷ついたような目は見間違いかと思うほど、瞬時の変化だった。くっきりと大きな瞳には痛みではなく、淫情の膜が張られていた。

切り替えられた。テンコから紫城麗美に。

「ちが……」

楠田は急いでテンコを抱きしめた。

「ン……」

淫靡な声が返ってくる。肩に手を回してくる。キスをし、唇を絡めながら、下腹部を押しつけてくる。

そうじゃない、そうじゃない。そんなのいらない。俺はただ、ただ――なにをしたかったんだ？　俺は。

「ンふ……」

テンコが片脚で、楠田の脚の間をさすりあげてくる。

局部と局部が密着した。

舌が粘着音をたててもつれ合う。欲情の吐息が口腔から喉を浸し、胸に熱くおりてくる。股間に血が溜まりだす。うずうずとざわめきだしている。足元の茂みで秋の虫がチロチロと鳴いている。うるさい、畜生。

「ぁん、んん」

テンコが楠田の手を取り、せがむ声を出しながら、スカートをまくらせる。

ストッキングを穿いていない、すべすべの肌が手のひらに触れた。手のひらが内腿を撫で、付け根まで誘《いざな》われる。

抗えないまま、下着の上から秘所に触れた。

「ぁン」

テンコが甘えた声を出し、いっそう強く楠田にしがみついてくる。

腰が欲しがる動きで揺れている。楠田が指を動かさなくても、その箇所が指を摩擦する。胸では、豊かな乳房を楠田の胸板に揉み込ませている。

混乱と動揺と性欲と、こいつの懸命さを裏切れないという言い訳が嵐のように渦巻き、楠田は結局、ねだられるままに、ショーツの基底部の脇に中指を差し入れた。

「あっ……」

本気っぽい吐息。煽られ、淡い繁みを掻き分けた。控えめな大陰唇を上下した。

「はぅッ」

唇を重ねたまま、テンコがひくっと下半身を震わせる。

そうして手を楠田の下腹部におろし、ベルトのバックルをカチャカチャと解きはじめる。

待ってくれ、本当に――

だがショーツの中にまで指を入れられて、テンコはもうその気になっている。セックスをするというお約束の流れを、どんな台本で無難に逸らせばいいのかわからない。

ベルトが解かれた。続いてジーンズのボタン、続いてファスナーが開けられた。

下着の上から撫でられた分身は、自分でも情けないほど硬くそそり勃っていた。

テンコは下着の下に手を潜り込ませ、分身を直に握りしめてくる。

「あ……」

上擦った喉声が漏れる。性感がぞくぞくと疼きたった。

テンコは五本の指をしっかりと絡みつかせ、胴肉を擦りあげてくる。

先端は先走り汁を漏らしていた。そのぬめりを利用して、テンコは亀頭のくびれまで粘液をなすりつけ、濡れた摩擦でしごいてくる。

楠田も、ショーツに潜り込ませている指を動かした。テンコがそう望んでいるのだから。

ほら、俺の指でヒクッと反応した。悦んでいる。

柔らかな秘唇は湿ってはいたが、潤いを感じるほどではなかった。やはり気は乗っていないのだろうか、と不安に思いながら、よじれた肉襞のあわいに中指を挿し込んだ途端だった。ぬっぷりと熱い粘液が、楠田の指先を浸した。

「んっ……」

誘われるように、第一関節まで挿し込んだ。さらに蜜肉がきゅうきゅうと締まり、粘液が絞りだされるように楠田の指に垂れてきた。

「ンッ、く、はぅっ……」

ふたりの口腔内でもひっきりなしに喘ぎが漏れている。

唇の脇から、混ざり合った唾液がこぼれ、テンコの顎にしたたり落ちていた。

したいのか？　いまここで俺とヤリたいのか？

指を思いきり深く埋めた。

「ぁあぁっ……」

テンコが息を吸うような悲鳴を放ち、ガクンと首を仰け反らせた。

キスが解かれた。楠田は細首に唇を当てた。

「大きな声、出すなよ。人に聞かれる」

まるでAVのような台詞。

「あぁン」

テンコはますます濡れた声をあげ、楠田にしがみつき、首に顔を埋めてくる。その姿はポーズめいて、だがぐっしょりと濡れているのは嘘ではない。楠田の言うとおり、懸命に声を堪えようとする姿もいじらしく、ますます興奮を煽りたてる。

ショーツの基底部の布を脇に寄せた。そぼ濡れた女陰が楠田の手の中で露わになった。

テンコも楠田の陰茎を強く握りしめる。もう半分ほどが下着からはみ出している。

「ゴムがリュックの中にある」

「いいのよ、べつに……」

首筋で、テンコが呟くように言った。

「だって……」

すかさず勃起肉の根元をつかまれた。テンコが脚を楠田の腰に絡ませ、分身の先端を自身にあてがった。

亀頭の表皮が、秘唇のあわいにすべり込んだ。

「待て……！」

肉傘を開ききったはち切れそうな露頭が、蜜肉のぬめりを触知した。

「いいから……来て……！」

テンコがせがむ。有無を言わせぬように胴肉をつかみ、さらに自身に埋めようとする。歯を食いしばった。テンコの太腿を内側から抱えた。腰に力を入れ、蜜肉のただ中へ自身を突き上げていった。

露頭が包み込まれた。それだけで快美な電流が、会陰から背筋を走った。

そのまま真っ直ぐ突き進む。粘膜の海がじわじわと肉肌を呑み込み、根元までみっちりと押しくるんだ。

「あっ……」

「はぁっ……」

ふたり同時に悦楽の息を漏らした。テンコがきつくすがりついてくる。

汗ばんだその身体をしっかりと抱きしめ、楠田は腰を動かした。初めて生の肌肉で感じるテンコの内部だった。

擦りあげるたび、淫らに熟れた蜜襞が果汁を吹きこぼし、陰茎のすみずみにまとわりついてくる。そうして甘い吸引感を寄こしながら、分身のすみずみまできつく引き絞ってくる。

ぐちゅ、ぐちゅ——

「ぁあっ、はっ……ぁんん……」

「うっ、う、あぁ……」

弾む吐息がもつれ合う。

おまえも感じているんだろう？　なあ？　テンコを凝視し、腰をぐりぐりとグラインドさせた。

テンコは楠田の肩に顔を埋め、声を漏らすまいと耐えている。だがときおり、「ンッ……はぅっ……」と、抑えきれない喘ぎを漏らしている。

この抑えた喘ぎが、いつものホテルでの叫声よりも、テンコの内部で放たれる肉声のように感じる。

この声だけを聞きたい。テンコの首筋に顔をねじ込み、耳を彼女の口元に当てた。喘ぎが耳を湿らせ、鼓膜を伝って脳に溶け込んでくる。

深夜の夜闇に、淫猥な音が鳴り響いている。ここが外であることは、もうどうでもいい。さっきまで聞こえていた虫の声も消え去った。テンコの喘ぐ息とそのぬくもりだけが世界のすべてだった。突き上げの速度をあげた。

「あぅっ……！」

テンコが悲鳴をあげ、ますます楠田の肩にすがりついてくる。愛しい。彼女のあたたかな体内に包まれて、快感がどこまでもふくれあがってくる。

太腿をなお強く抱えあげた。テンコの細首をつかみ、汗でへばりつく髪を搔き乱した。興奮のままに腰を振り上げた。

射精感が込み上げ、陰茎全体に満ち満ちてくる。このままこいつの中でイキたい。いいか？

「テンコ……」

訊こうとした瞬間だった。腰の勢いが強過ぎて、結合が外れてしまった。

「はぁ、はぁ、はぁ……」

互いに息を荒らげながら、目を見合った。楠田は思わず臆した。髪に半分隠れた彼女の目は、まるで闘いのさなかに相手と牙が離れ、牽制し合う野生動物のようだった。

もう一度、近づいていいんだろう？　楠田は顔を近づけた。こんなとき、キスすることしか浮かばない。

するとテンコが楠田の肩から手を離した。背中を向け、ブロック塀に手をついた。

「後ろからのほうが、やりやすいでしょう」

言いながら、後ろ手でショーツをおろした。そのまま、ショーツを両脚から抜いた。そうしてワンピースの裾をたくしあげ、化粧の剝がれたパンダのような目で楠田を見た。いつでもどうぞ、という感じだった。

「後ろは……なんかいやだ」

楠田はテンコの肩をつかみ、もう一度こちらに向けさせようとした。だが、

「いまのだと、背中がコンクリートに擦れて、ちょっと痛いの」

言われて彼女の背中を見れば、カーディガンが薄汚れ、毛糸がところどころほつれていた。

「ごめん。どこが痛――」

慌てて背中に手を当てたが、

「いいの。それより早くしないと、本当に誰か来ちゃうかも」

テンコがその手を、自分の腰に回させる。

焦《じ》れったそうな、苛立ちさえ籠もっていそうな声だった。顔が完全に向こうを向いた。

「ねえ、早く」

くいくいと、尻を勃起に擦りつけてくる。

「テンコ……」

楠田はその腰に手を当てた。言われるがまま、分身をふたたび女陰に押し当てた。だが、
同時に彼女の頬に手を伸ばし、髪を掻きあげた。

「……？」と、テンコが怪訝そうに振り向く。

「顔が見たい」

掻きあげた髪を、できるだけ優しく耳にかけ、背中に流した。

テンコの頬が歪んだ。

「どうして」

「顔が見たい」

同じことを言って、先端をゆっくりと沈めた。

分身が、ぐっしょりと濡れまみれた女肉に埋もれていく。

「あ……」

テンコが眉根を寄せ、またその顔を塀に向ける。

楠田はぐいっと、力強く腰を打ち込んだ。

「あぁ……」

先刻よりも深く繋がった。その感覚を味わいながら、彼女の頬に顔を近づけた。

「背中のこと、気づかずにごめんな」

そのとき、こいつはどんな表情をしていたんだろうか。

片腕をテンコの肩に回し、頬をつかんだ。

「顔を見せて」

「やめ……」

強引に顔をひねられ、テンコは苦しそうに顔をしかめる。

痛がることはしたくない。おまえが自分から俺を見てくれるのなら、こんな無理やりなことはしない。

「テンコ……」

「もっと、突いて……」

テンコが尻をくねりあげてくる。

陰茎が根元から締めつけられた。

楠田は躊躇の末、腰を静かに前後させた。

テンコは先刻よりも感じるらしく、唇をわななかせて全身をビクビクと痙攣させる。目はぎゅっと瞑られている。コンクリートに爪をたてた手に、うっすらと汗が滲んでいる。

その手でさっきは、俺の肩にしがみついていたのに。

「もっと……お願い……」

なかなか抽送の速度をあげない楠田に、テンコが切なそうにねだってくる。目がようやく開いて、潤んだ瞳がこちらを見る。

楠田は単調に腰を動かし続けた。

肉茎を付け根まで埋めきり、ゆっくりと中ほどまで引き抜く。名残惜しそうに肉肌に吸いつく襞の感触を味わい、そうしてまた同じ強さで奥まで埋める。

貫かれるごとに、テンコは可憐な顔立ちを歪ませ、かすれた吐息を漏らす。

街灯に照らされた頬は淫情の朱に染まっている。速度をあげない楠田を見る眼差しは爛々《らんらん》と輝き、恨めしげでさえある。

「もっと、強くして……もっと……」

テンコは焦らされているのだと思っているようだ。

そうじゃない。苛立ちと愛しさと欲情が混ざり合う。どうしようもない思いがずっしりと体積を増していく。

想いを籠めて自身をゆっくりと打ち込んだ。怒張をテンコの最奥に押し込めた。

「あぁ……」

テンコがもどかしそうにコンクリート塀をつかむ。つかみきれずに爪で引っ掻く。

「こっちを見て、テンコ」

ストロークのゆるいテンポを守りながら、彼女の顎を持ちあげた。

「なあ、テンコ」

彼女は顔を、華奢な肩で隠そうとする。

「その呼び方、やっぱりいや……」

「どうして」

「もっと……強く、もっとして……」

テンコは狂おしげに、ただ首を横に振る。

「俺な、俺……」

「欲しくて、辛いの……お願いよ、もっと強くして……苛めないで……」

「苛めてるんじゃないよ。俺な、テンコに……」

おまえに、優しくしたいんだ。

「優しくしたいんだ」

「そういうの、いいから」

テンコが首を振り、楠田の手から顔を逃した。

「早く……おかしくなりそうなの」

テンコの口を楠田は押さえた。

「ンッ……」

指と手のひらの付け根に、湿った息がかかった。

「ンンッ……！」

テンコが鬱陶《うっとう》しそうに藻掻く。

楠田は手を離さない。

まるで沸騰した情動が体内から湯気を立ちのぼらせるように、互いの息と手のひらの汗が、楠田の皮膚を濡らしだす。

テンコが呻く。

「イキたい……イキたいの、もっと無茶苦茶にして……」

熱い吐息は、欲情の言葉しか吐かない。

そうしてテンコはブロック塀に手をつき、尻をくねり上げて楠田を誘おうとする。

いやらしいよ、その姿、エロいよ。でも、いくらそうやって俺を誘っても、感じだすと身体を丸めるくせに。いくら俺とセックスしても、イクときは、ひとりで感じようと、胎児になるくせに。畜生。

楠田はテンコの頬に爪をたてた。自身の怒張を、彼女の中心部に打ち込んだ。

*

やはりこんな扱われ方だった。

ざらついたブロック塀に手をつき、テンコは、わずかでも少女じみた夢想をした自分を恥じていた。

楠田に「テンコ」と呼ばれたからといって、それは男にとっては目新しいプレイの一種。相手がここでヤリたいのならそれでいい。自分も場に乗じて愉しめばいい。ゴムだって自分から拒《こば》めば、着けられなくても惨《みじ》めではない。とことんくればいい。

なのに、どうしていつものように激しく責めてこないのか。

火のような淫欲にがんじがらめにされ、テンコは苛立ちに似た焦燥に身悶えるしかなかった。

熱を持った野太い肉槍が、真っ直ぐ体内にめり込んでくる。それは確実に、子宮を壊しそうなほどの威力で、欲情の源に侵入している。

そのくせ、彼の速度はあまりにもおだやかだ。欲情の火を勃起に蓄えていながら、同じ火を燃え移してはくれない。この肉体の中にいながらも、自分とは違う温度の火で内臓をちりちりと炙ってくる。

「お願い、もっと……」

口を押さえられながらも楠田にせがんだ。

「大声を出すな」

唇の脇に、指が挿し込まれた。

身勝手で残酷な振る舞いなのに、男のその低い声音に優しさを感じてしまう。腹が立つ。

辛い。こんなやつ嫌い、憎い。だけどもう挿れられている。

「ん、ぐぐ……」

楠田の指に歯をたてた。爪の生え際に前歯を喰い込ませ、思いきり嚙みしめた。

相当な痛みに違いない。楠田が「うっ」と喉を鳴らした。

怒ってもいいから。余計なことは考えないで。違うことを思い浮かべながら私を抱かないで。イキたい。いまはイクことだけを考えて。

雄々しい塊が、膣肉を押し割いて、またも子宮に沈んできた。

「ぐ、う、あ……」

もどかしくも鮮烈な快感に、口の力が奪われた。前歯が喘ぎを放つように開いていく。その隙間に、楠田がさらにもう一本、指を押し込んでくる。

声も快感も、楠田の指と剛直に塞がれていた。

放ちきれない欲情が身体中の肉を焼き、脳髄までぐらぐらと煮立たせている。

もっとぐちゃぐちゃにして。私の中を、崩すくらいに搔き混ぜて——

「テンコ、好きだよ」

耳元を、声が濡らした。火の槍が子宮から離れていく。充足感が解き放たれた。肉槍は淫襞を逆撫でし、裂け目を擦り、そうしてまた徐々に肉路を埋めてくる。

そうじゃない。欲しいのはこんな甘すぎるものじゃない。

「テンコ……」

「や……」

「いや？　なにが」

指が少し抜かれた。テンコは急き込んで言った。

「……その名前で……呼ばないで」

「どうして？　テンコ、テンコ、テンコ……」

「やだって、やだ……」

テンコは楠田の首に手を回した。わざと爪をたてて掻き抱いた。自ら腰を振る。淫猥にグラインドさせ、楠田の局部に自身の女陰と尻を擦りつけた。

だがその腰も、楠田が強くつかみ、動きを押さえ込んできた。男の力で動きを封じられることの屈辱。

「早く……早くもっと突いてよっ……」

「おまえの反応が見たい」

「だから、もっと突いてよ」

「そうじゃなくて、おまえの本当の反応が見たい」

「本当ってなんなのよ」

「俺、おまえに優しくしたいんだよ、テンコ」

口も身体の動きも阻《はば》み、テンコ、と呼んで、剛直を埋め込んでくる。

快感と動揺がせめぎ合い、重苦しく混濁していく。なにもかもが楠田の指と分身に塞がれて身体の中に閉じ込められている。

「好きだよ、テンコ」

「やだって……！」

絶叫に近い声が出た。楠田がまた口を押さえてくる。その指を全力で噛んだ。

「うっ……」

私はイキたいの。気持ち良くなることしかいまは考えないの。感じることだけに集中したいの。

怖くないよ。すごい。私がこんなになるなんて。誰になんと思われようと関係ない。もっと気持ち良くなりたい。

「うぐ……ぎ……」

憎しみと焦燥感に急かされるように、楠田の指を噛み続けた。

腰を思い通りに動かせず、そのせいで目の前の快楽にたどり着けない苛立ちを、指を噛む歯と、首筋をつかむ爪に籠めた。楠田を切実に求めると同時に、思いどおりになってくれない相手への復讐心にも突き動かされていた。

　口から顎に流れているのは涎だろうか。楠田の血かもしれない。だったら素敵だ、味わいたい。首筋から流れているこのとろりとした液体も、汗ではなく血だろうか。ここにキスして頬ずりしたら私の顔はお化けみたいに真っ赤な血で染まるだろうか。

　楠田は静かで重みのあるストロークを寄こしている。

「じっとしていてくれ」

　どんなに激情が噴きあがろうとも、動きを阻まれた身体は、その執拗な単調さに観念するしかないのか。

　瞬間、一度の突きが、重く子宮にめり込んできた。

「あ……」

　悦楽が痺れる余韻を広がらせ、太腿が震えた。熱砂を転がすように波が引き、そうしてまた奥深い場所まで迫ってくる。

　燃える男の輪郭をはっきりと膣肉に感じた。血管の脈動さえ粘膜を響かせて流れ込み、自身の脈動と絡み合っていく。

「ひっ、あ、あぁ……」

膣内はしきりに収縮を繰り返していた。

押さえ込まれた腰も、激しく痙攣を続けている。急所を刺されたのになかなか死ねず、藻掻き苦しむ魚みたいだ。

「楠田さん……」

名前を呼ぶことで、この男の肉体をいっそう深く感じる。体温も、体内を貫く形も、もたらされる悦楽も。

「テンコ、テンコ……」

楠田は愛しい人の名前を呼ぶみたいに、テンコと呼びながら、さらに重く熱い塊を送り込んでくる。

ああ、私も愛しい――

情欲が烈々と渦を巻いて燃え盛っている。

楠田の肉塊が、またひと回りも膨張した気がした。

「あ、あ……」

まるで痛みに耐えるかのような呻きをあげ、テンコの首筋に、熱っぽい唇で口づける。

ぞくぞくぞくっと妖しい痺れが皮膚に流れた。痺れが全身に網目模様を描いて広がっていく。淫らな痙攣だけが許される肉体の奥で、絶頂感が火をしたたらせて燃えあがってくる。

「あ、あ、あ、あ……」

あさましい声を放ち、楠田の首筋に額を擦りつけた。

「うん、うん……」

低く押し殺した楠田の声が、同じ昂りを共有していることを伝えてくる。

「イク……イク……私……」

「ああ……俺も……」

瞬間、焼けつく鉛玉を撃ち込まれたかのような衝撃があった。

「あぁぁぁぁぁっ……」

夜闇に壮絶な悲鳴があがった。

解き放たれた愉悦が、全身を狂おしく高みへと押しあげる。

「あぁっ、あ、あぁぁ……はぁっ……」

絶頂感はまだおさまらない。楠田はまだ動き続けている。楠田の首筋に額をつけ、汗か血か、自分の涙かわからない液体をこめかみに流し、テンコが目を開くと、夜空にぼんやりと月のようなものが光っていた。いいや、青白いから街灯かもしれない。どちらだろう。荒い息を吐きながら楠田を見あげようとしたとき、

「やっぱり、顔を見たいよ、テンコ……」

楠田が、押し殺した声で言った。

背後から強く抱きしめられた。

「テンコ、俺な」

「ねえ、お願い、動きを止めないで」

強烈な余韻のさなか、まだ内部に男がいるのにじっとされているのは余計に辛い。

「テンコ、俺な、俺、夏が好きなんだ」

「……は？」

「でも、最近、秋も好きになった」

「そう」

「花火とかさ、花火大会って、秋もやってるとこあるんだな。テンコと一緒に観たいなって思う」

楠田はひょっとしたらまだイッていないのかもしれない。中だからと射精を抑えているのかもしれない。

「いいね。私はひとりで観るのも好き」

「一緒に観ながら、同じアイス食ったり」

「私はひとりで食べる」

中で出したくないのなら口でしてあげるから、そう言ってほしい。こんな恋人同士のような会話を、身勝手に残酷にしないでほしい。

「テンコの小学校の頃の写真とか見たいし。七五三とか制服の写真とか卒業アルバムとか。どんな子だったとか、食べ物の好き嫌いとか」

「知っても意味ない」

「意味なくないだろ」

「ない」

「なんでだよ、もっと知りたいんだ、おまえのこと——」

「やだ、そういうのやめて」

振り向き、睨んだ。汗にまみれた楠田の顔が、てらてらと街灯に照り光り、苦しげな陰影を浮かべていた。

「テンコ」

楠田が背後から覆いかぶさるように抱きしめてきた。

硬く冷たいコンクリート塀に胸が潰された。

背中は熱い。楠田の心臓がドクドクと波打っているのが肩甲骨に伝わってくる。

塀についていた手を取られた。指にキスをされた。妙に優しいキスだった。やめて。嬉しいなんて思わない。勘違いするな、私の心。

「テンコ……好きだよ……」

「なんなの、それ。やめてってば」

「テンコ……」

「やだってばっ！」

肘で彼の肩を打った。

「うっ」と呻きをもらし、彼が後ずさった。繋がっていたものが体内から抜き去られた。

ボタッ——。足元になにかが落ちた。

見下ろすと、白濁の液だった。ボタリとまた、サンダルの脇で、地面を打つ。

なによ、ちゃんと中でイッてるじゃん——

テンコは塀を這い、楠田から離れた。足元に転がっていたショーツを拾った。

砂にまみれている。両手ではたいた。はたいてもはたいてもきれいにならない。汚いものは汚い。

ショーツを、手の中で丸めた。鞄も近くに横たわっていた。手を伸ばしかけると、

「テンコ、俺……」

楠田の足音が、また後ろに近づいてきた。

足元の砂をつかみ、楠田に投げた。

「わっ……！」

楠田が怯《ひる》んだ。

その隙に鞄を抱き、離れた場所に逃げた。

「ちょっと待てよ！　テンコ、話を――」

「いやだ、いやだ、いやだっ！」

「俺……本当におまえが好きなんだよ！」

「私を好きな人なんて、みんな気持ち悪いっ！」

叫んで、テンコは走り出した。

涙にぼやけた視界で、街灯がアスファルトを照らしている。荒れた肌が生き物みたいに地面で波打っている。月はどこにも出ていない。私はどこにいるんだろう。

走り続けた。誰もいないところへ行きたかった。いまは真っ暗な、自分だけの部屋に、帰り着くことしか考えられない。

第五章

1

「いやぁ、しかしお会いできて光栄です」

とろりと日本酒が猪口に注がれた。テンコは小さく会釈し、口をつけた。

神楽坂の料亭。四畳半ほどの座敷の個室で、座卓を囲んでいるのはテンコと甲坂と、甲坂の先輩編集者の八代《やしろ》。テンコにとって八代は初対面だった。クリーム色の仕立ての良さそうなスーツに、シルバーのリムレスフレームの眼鏡。甲坂曰く、今度あたらしく官能小説の連載の担当に就いたとのことで、紫城麗美の紹介を求めてきたという。

サラリーマン向けの大手週刊誌。この雑誌でテンコは甲坂の担当する企画短編を何本か書いてきたが、連載の話は初めてだった。迷ったが、甲坂には世話になっているし、声をかけられればやはり嬉しい。

ところが名刺を交わしてから聞いたのは、先方がこのような席を設けているのは、数人の若い女流官能作家とのみ。来年、女流官能作家の連載を一本考えているので、ひとりずつと酒席の場を用意して話を聞いているとのこと。いやな感じがした。八代はテンコの短編をちゃんと一、二本は読んでいた。

「僕、エロくないから、最初はこのページの担当になって不安だったんですよ。いろいろと教えてください」

八代が猪口を片手に、酒に染まった目尻で笑う。テンコが答えずに微笑で返すと、甲坂が「どうぞ」と、まだそう減っていない猪口に酒を注《つ》ぎ足してくる。どちらも数年後には出世してエロとは関係のない部署に行きそうな人たちだ。

この数時間があれば何枚書けたんだろう。閉め切られた窓の障子に目をやって思う。日も悪いことに、外は土砂降りの雨だった。柚寿もべつの日に呼ばれているだろうが、彼女の口の達者さはこの人の好みではなさそうだ。

「しかし改めてみると、女性作家さんもけっこう多くご活躍なさってるんですね」

八代が刺身の盛り合わせをテンコのほうに向けて言う。

「そうですね」

「さすが皆さん、描写が繊細で勉強になります。女性がここまで書かれるとは驚きで」

「べつに。女性はふだんから、セックスのシナリオライターというところがありますから」

「と言いますと」

「最初から問題なく射精できる男性と違って、女性の性は痛みからはじまりますから。月経の痛み、破瓜《はか》の痛み。その後も、性交が苦痛なだけのときもありますし」

「わ、そんな話、聞きたくないです」

八代が冗談めかして両耳を塞いだ。テンコは同じ淡々とした口調で続けた。

「でもセックスを断ったり感じないでいると、男性の態度が面倒臭くなるので。女はつつがないシナリオライターになって対応していくんです」

「やめてー、聞きたくないですー」

甲坂も八代の隣で、〝聞か猿〟のポーズを取る。

「あら、甲坂さん、女性のホンネを知りたかったんじゃないんですか」

「耳に痛いのは勘弁してほしいです」

「勝手ですね」

「だから、それが男ってものなんですよー」

瞬間、テンコは猪口をつかみ、ふたりに振り上げていた。

格好だけだ。実際には猪口を振り上げた一瞬、あっ、とテンコの身体が固まっていた。

だが気づいたときには、八代は目を見開き、こちらを凝視していた。甲坂も仰け反って畳に手をついていた。

テンコは宙に浮いた自分の手を見た。酒で指が濡れていた。酒はテーブルと刺身の盛り合わせに飛び散っていた。

「だから……私も、ぶっかけたくなっちゃったんです」

上擦った声で言い、立ち上がった。

畳に足の裏をつけた途端、身体が貧血を起こしたようにふらついた。壁に手をついた。大丈夫。私はどんなときでも、人前では笑ってきた。

「ごちそうさまでした。私は先に失礼します」

個室を出た。エレベーターに向かった。後ろから甲坂が追いかけてきた。

「紫城さん！　すいませんでした、僕ら、酔って調子に乗ったみたいで」

いいえ、なにも。テンコは振り向けない。

エレベーターの扉が開いた。正面は鏡だった。紫城麗美なのにあまりの不細工さに絶句した。

「せめて下まで送ります」

甲坂の声を無視し、テンコは背中を向けたまま、手探りでボタンを叩いた。いろいろ叩いて、やっと背中で扉が閉まった。

外に出て傘を差し、駅までの道を足早に歩いた。雨に叩き打たれる傘が重い。冷たい風にまくられる雨粒がふくらはぎに降りかかっている。肌にへばりつくストッキングが気持ち悪い。テンコはマスクをした顔を俯かせ、駅への道を急いだ。車道を走るタクシーはすべて客を乗せている。タクシー乗り場は行列だった。もういい。乗らない。紫城麗美はもう止めだ。いま抱えている仕事だけこなしたらフェードアウトするから。お金を節約しなきゃ。

電車に乗った。雨天の満員電車では、乗客たちがいつにも増して余裕がないのが逆にいい。苛々と疲労の充満する車内で、テンコも吊り革を握って鬱々と目を閉じた。

自宅マンションに戻ると、ポストに大きな封筒が入っていた。先々週あたりに取材を受けた記事が掲載されている雑誌だ。傘と一緒に部屋に持って入り、封を切らないままゴミ箱に捨てた。ついでに思い出して、楠田と一緒に買ったバイブやディルドの類も、紙袋に入れてゴミ箱に放った。

濡れた身体を風呂であたためたかったが、面倒臭さが勝ち、身体を拭くだけで部屋着に着替えた。化粧を落とし、仕事部屋に入る。パソコンの電源スイッチを入れた。立ち上がりを待っている間に肩が貧乏ゆすりのように揺れる。中指が苛々とデスクを叩く。ようやく画面が立ち上がった。ネットを開き、求人サイトを検索した。いやな思いばかりしてエロ文なんか書くより、ふつうに働くほうがよっぽどいい。満員電車で心を削られるほうがまだマシだ。で、自分にできるふつうの仕事ってなにがあるんだろう。

ひとつひとつ見ていくうちに、自分にはなんの資格も経験も体力もないことを思い知らされる。気分が滅入っていく。とりあえず履歴書をダウンロードして記入しはじめた。住所、氏名、学歴。さらに、志望動機・アピールポイント。手が止まった。アピールポイント。なんだろう。官能小説でこんな賞を受賞してこんな活動もしてきました。無理。まともな会社ならきっとこれだけで撥《は》ねられる。そもそも官能業界にいたことは伏せて生まれ変わって生きたいのだ。でも、だったら二十五歳から三十歳のいままでなにをしてきたのか、この五年間が、まったくの空白期間になってしまう。

履歴書の数行を、書いては消しを繰り返し、書きあげられないまま真夜中になった。お腹が空いた。キッチンに向かった。冷蔵庫を開けた。中身は昨日と変わらない。豆腐や納豆や半カットのキャベツなどに、いくつかの調味料。ピッチャーの麦茶はいつつくったものだったっけか。そろそろ捨てたほうがいいのかもしれない。

パタン。冷蔵庫の扉を閉じた。また開けた。いまさっきと同じ光景を見て、また閉じる。パタン。

薄暗いキッチンで、扉を開けるたびに、オレンジ色の明かりがぼんやりとあたりを照らす。

閉じると、真っ暗に戻る。また開ける。

これなのかな。あの人が言っていたのは。なんの意味もないけれど、ここになにもないという確認はできる。確認して、閉じると、手と目が淋しくなって、また開ける。なにかを見つけられるような気がして、やっぱりなにもないと安心して、閉じる。開ける。パタン。パタン。

テンコは膝をかかえ、扉を開けたり閉じたりを繰り返した。

私もやっているよ。と、あの人に伝えたい。

電話だけでもいい。声が聞きたい。

ううん、やっぱり顔が見たい。会いたい。触れたい。あの広くて角ばった肩に、触りたい。あの平たくて厚い胸に、いま顔を埋められたらどんな気持ちかな。彼の匂いを、胸いっぱいに吸い込みたい。いますごく、彼の匂いが懐かしい。

ああ、いやだなぁ。いやだ。なんだろう、これ。

こんな気持ち、知りたくなかったなぁ。

「なるほど。それで今日、イクラと鮭の混ぜご飯をつくったのか」

柚寿が二杯目の混ぜご飯をお櫃《ひつ》からよそう。

「だってあの料亭、コースのお品書きにこのメニューが載ってて、それを食べられなかったのが心残りだったんだもん」

テンコはだし茶漬け用のだし入りポットをローテーブルに置き、柚寿と並んでクッションに座る。

「きっと土鍋で炊いた、美味しいご飯だったんだろうね。でも、テンコのつくったこれもいけるよ」

久しぶりのテンコの部屋でのふたり飲みだった。テンコはシャツとジャージにパーカーというういつもの部屋着姿。柚寿も上だけ自分のシャツで、下はテンコのジャージを借りてあぐらをかいている。

テーブルには混ぜご飯のほか、モツ煮込みやおでんや餃子など、テンコがつくった大量の料理と、柚寿が買い込んだ赤ワインに焼き鳥、ピザ、ナチュラルチーズなどがひしめき合っている。

「思うけど、その編集者さん、まだいい人だよ。私は二十代半ばの頃、打ち合わせで『あなたのフェラチオが上手いのか確かめたいので、僕の指、しゃぶってみてください』って、中指突き出されたことがある」

「それ、柚寿のコラムで読んだ。実話だったのか」

「その日の帰りしなの電車で、ケータイで一気に書いてやった」

「さすが、たくましいね」

「でもないよ。そのとき書いたのはつまらなくて自分でボツにしたもん。ネタにできるようになったのは四、五年前」

そう言って柚寿が、餃子をひと口で頬張る。

「で、甲坂さんとはその後、連絡は？」

「すぐにあちらからメールはいただいたけど、お返事できてないんだ」

「そっか。私も二ヶ月くらい、甲坂さんとは会ってないからな」

「あれ、この話、柚寿には行ってなかったの？」

「私はその紹介云々の連絡がきた段階で、お断りしたから」

驚いた。柚寿はテンコ以上に、どんなに忙しかろうとも、来た仕事は断らない姿勢でいたはずだった。テンコのそれは断り下手のせいもあるが、柚寿のは錠との生活のためという確固とした理由があった。

「どうして」

「たまたま、ネットのほうで書きたいのがあったし」

「大丈夫なの？　こう言っちゃなんだけど、お金の面とか……」

「なんかこのあたりで、自分のペースでやっていくのもいいかなって」

首を傾げるテンコの前で、柚寿が、漬物を追加しよ、とキッチンに向かった。

その後ろ姿が、心なしか痩せて見える。

「柚寿、なにかあった？」

「実はさ」

柚寿が冷蔵庫から取り出したタクアンを切りながら事情を言いはじめた。

錠の、ユートとの仕事がなくなったこと。そのことで錠が、東京での活動を辞め、郷里の山口に帰ると決めたこと。それにあたって柚寿と錠が別れたこと。

「なんで辞めるの。もう三十五年近くここでやってきたんでしょう」

「山口でも音楽はできるよ。田舎にもいいライブハウスがいっぱいあってさ、小屋についてるお客さんが、またあたたかいんだよね」

「なんで別れなきゃいけないの？　柚寿は一緒に行かないの？」

「あいつがついてくるなって言うからさ」

「どうして」

「あいつ不器用だからね。いままでのもんはなんもかんも極端なくらいに捨てないと、切り替えができないんだよね」

柚寿がタクアンを盛った皿を手に、テーブルに戻ってくる。

「いまは、ギターの原さんちに居候してるんだ。私と一緒にいると心が揺らぐから、さっさと身体だけでも動かしたいって。まあ、そういうやつなの」

「柚寿はそれでいいの？　錠さんはそれで平気なの？」

「あいつ、心細そうだよ」

柚寿がクッションに腰をおろす。そうして両手で髪を掻きあげ、その手を頭で止める。

「その心細い気持ちを、私に見られながら、動くのが辛いんだよ。私は私で、あいつの気持ちを見て見ぬ振りして、手のひらで転がしてなんかやれない。本音で対等に付き合いたい。それが、いまのあいつにはきついんだよ。見栄を張ってなんぼの男だから。私の視線も気遣いも、いまのあいつには辛いんだよ」

「柚寿自身はどうなの」

「うん？」

「対等とか言って、柚寿が言ってるのは錠さんの気持ちだけじゃない」

「私はねぇ、わかんないの」

頭を抱えたまま、柚寿があぐらに顔を落とす。泣き声になっている。

「私ね、長年ずっとあいつがそばにいて、それがふつうだったから、いきなりあいつがいなくなって、びっくりしてるの。私から別れることも想像してなかったけど、あいつから振られるなんて青天の霹靂《へきれき》で、あんまりびっくりして、なんだか脳みその一部が溶け落ちちゃったみたいなの」

「うん」

「情けないよね。もともと、バツ三のバンドマンと付き合っても、ロクな結果になるわけないって思ってたけど」

柚寿が洟をすすり、髪を放した。ふわりと落ちた髪の間で、柚寿が真っ赤な目から涙を落とした。

「結果なんかどうでも良かった。ハッピーエンドなんかいらなかった。一緒にいられさえすれば、どんな終わり方でも良かった」

「うん」

「自分でもシンプルにいかなくて。なんでこんなややこしくなるかな。小説ではハッピーエンドなんかたくさんつくってきたのにな。ハッピーじゃなくてもいいから、一緒にいたいっていう、こんなシンプル極まりない願いを、なにが邪魔してるのかな」

「愛でしょ」

テンコが言うと、柚寿が涙に濡れた目をあげた。

「またびっくりした。テンコにそれを言われるなんて」

「だね」

テンコも目と鼻が熱くなり、その熱をワインで喉に流した。

「愛だね」

「あはは、愛だね」

笑いながら、未練がましいことを思う。あの人もこんなふうに、私のことを考えたりすることがあるのかな。

「あーあ」

柚寿がグラスを手に、床に寝転んだ。

「人生は思いどおりにならない、って言うけど。やっぱり思いどおりがいいなぁ」

テンコも隣に寝転がり、グラスを額に載せた。

「思いどおりって、なんなんだろうね」

「それがいちばん、わからないねぇ」

錠さんはいま、どうしているんだろう。

あの人はいま、どうしているんだろう。

いまこの時間、あの人はなにを考えているんだろう。そう想うだけで、情けなくて、惨めで、愛しくなって、泣けてしまう。

＊

楠田は今日も、スタジオの洗面台でディルドを洗っていた。

指はもう沁みない。テンコと最後に会った後の数日間は、噛まれた右手中指の爪の生え際が水に沁みて仕方がなかった。あれから一ヶ月が経っていた。傷跡ももう消えている。

洗い終え、キッチンペーパーで拭いて除菌スプレーをかけて、洗面所を出た。

次はキッチンで擬似精液の準備だ。冷蔵庫から原液の入った紙コップを取り出し、グッズボックスからクエン酸を一袋出す。

テンコの声が蘇る。このつくり方を電話で伝えたときに、彼女が吐いた、性的な吐息。セックス中の喘ぎ声よりも、その瞬間の最初の吐息が、いまでもずっと耳に蘇っては心を疼かせる。

指なんかずっと沁みていい。顔も手も掻き毟《むし》って、彼女につけられた傷跡を残していたい。

「ねえ、これ、一個食べない？」

いつの間にか芽衣がキッチンに入っていた。冷蔵庫から取って楠田に差し出してきたのは、アイスキャンディだった。

「来るときにオレンジ味とソーダ味と迷って、両方買ったの。でも夜ご飯を食べたらお腹がいっぱいになっちゃって。良かったら」

駄目押しだった。テンコとアイスキャンディを一緒に食べた夜が蘇る。頷いたつもりで、俯いた顔をあげられない。

「どうしたの」

「いや、おかしなこと思い出して」

「うそ、泣いてるじゃない」

芽衣が袋を破き、一本くれた。ひと口、齧った。冷たい。鼻の奥に沁みる。と、いきなり股間に、アイスキャンディが押しつけられた。

「わっ、なんですかっ」

へっぴり腰で飛びあがりそうになる。

「へんな冗談、やめてくださいっ」

「せっかくお話ししにきたのに、心ここにあらずって感じなんだもの」

「お話ってなんですか」

「私ね、年内で引退するんだ」

「……え？」

「寿退職ってやつ。まだ身近な人にしか言ってないけど」

芽衣がアイスキャンディを齧りながら言う。

「……ご結婚、されるんですか」

「そう」

「え、あ……」

すぐに言葉が出てこない。人気絶頂期に引退する女優は珍しくない。だがなんとなく芽衣は結婚しない人だと思っていた。

なによりも思うのは、立木監督のことだ。監督は芽衣に、女優としても女としても惚れぬき、それは周囲にはピエロのように映りつつも、そんな監督をひたすら一途にバックアップしてきた。

「おめでとうございます……その、監督はご存知なんですか？」

「彼は当事者だもの」

「え」

「彼と結婚するの」

「……付き合ってたんですか、監督と⁉」

「楠田くんも気づかなかったんだ」

芽衣が飄然《ひょうぜん》とアイスキャンディを齧る。

「てっきり、監督の片想いかと……それで芽衣さんにはぜんぜん相手にされてなくて、可哀想だなって、周りはみんな同情していて。監督もみんなにからかわれても、なにも言わなくて」

「彼はおチンチンよりも口がカタいの」

「……いい男ですね」

「あなたはどっちもカタすぎるよ、楠田くん」

と、芽衣が、今度は直に楠田の股間を手で触ってきた。

「ちょっ」

慌ててアイスキャンディを擬似精液の紙コップに落としそうになる。

「俺はべつに、硬くなってないです」

身を離したが、

「最近、私で勃起してくれないのね」

芽衣が悪戯っぽい笑みを近づけてくる。

「あれは、えっと……バレてましたか……すみませんでした。一回だけです。失礼しました……」

「前に、ラブホのブランコを使って一本撮ったことがあるわね」

芽衣の話はいきなり飛ぶ。

「はあ、『チン食い競争』」

「知ってる？　いま、シーソーを設置してるラブホもあるのよ。楠田くん、シーソーって乗ったことある？」

「たぶん、子供の頃に何度かは」

「好きだった？」

「うーん、好きで乗っていたわけではないような」

友達に誘われ、付き合いで乗っただけのように思う。

「私は一度もないの」

芽衣がカウンターに肘をついた。楠田の隣で、ガウンをまとった背中が華奢なS字形を描いた。

「ブランコとか滑り台はひとりで遊べるけど、シーソーってふたりで漕ぐでしょう。私は小さい頃、友達がいなかったし、誰かに乗ろうと誘われても、怖くて応じなかったの。あれってひとりが漕ぐのをやめて、いきなり飛び降りたりしたら、残ったひとりは地面にひどくお尻を叩きつけられるのよね。私にはみんな、わざとそれをやるんじゃないかなって」

芽衣が遠くを見るような目で、キャンディを齧る。

「でも、シーソーの上を歩いて、ひとりでバランスを取るような遊び方なら、私、得意だったの。たまに、みんな帰った後の誰もいない公園でやってた」

「俺もそれ、やったことがあります。真ん中あたりで急に角度が変わって、落ちて怪我したっけな」

「だから引退前に撮ってみたいの。シーソーで、ひとりで遊んだり、誰かと一緒に漕いだりするのを。どんなおかしな絵になるかわからないけど」

「立木監督とですか」

「彼とはお互いわかっているから、笑いどころも抜きどころも、バランスのいい作品を撮れるもの。だけどせっかく初体験するのなら、安心感よりドキドキを得ながら撮りたいのよ」

「じゃあべつの監督さんですか」

「あなたよ」

芽衣が楠田を見あげた。

「お、俺っすか？」

声が裏返る。

「俺には現場を采配するとか、超無理っす。ましてや芽衣さんを撮るとか……」

「私を撮りながら、また勃起してよ。勃ちっぱなしで撮ってよ」

「冷やかさないでください。あれは、芽衣さんが本気になったように見せるのがお上手なんで、つい……」

「なに言ってるの。私はいつも本気よ」

芽衣が楠田を見あげ、上体を起こした。くっきりと大きな目が、真剣な眼差しを浮かべていた。

「私はいつも本気で現場に挑んでる。演技やイクふりだって、本気でしてる。年齢も素性も詐称してるけど、その嘘だって本気でついてきた。誰がどう思おうと、私はいつも本当の私よ。逆に本気じゃない生き方ってどういうの？　本当じゃない人間ってなにが本当じゃないの？」

芽衣が楠田に向かい、挑むように胸を突き出す。

「楠田くんも、本気で私を見たから勃ったんでしょ。そのときの楠田くんの本気の反応が勃起だったんでしょう。反応の表出がどうであれ、結果がどうであれ、私は人の本気を冷やかさない。冷やかすことで自分の本気から逃げたりしない。私は自分の本気を、後からでもいいから誇れる人間でありたいもの」

楠田は言葉を失った。

芽衣のカラミを見て勃起したときは、ただ焦った。恥ずかしかった。それまでの自分には考えられない現象に慌てた。でも自分の中には芽衣の姿に刺激された本気があり、その本気で、かつてない自分のなにかが突き動かされたようにも思う。

「どうしたの？ 私に叱られてる気分？ それとも誰かのことを思い出してる？」

「芽衣さんて、千里眼すか……」

「そうでもないわ。これでも立木には盲目だったのよ」

芽衣が笑って、楠田の口元にアイスキャンディを押しつけた。そのままグリグリとキャンディを回してくる。

「うわ、ちょっ……」

「さあ、口だけ貝のように硬くなっていないで、私に言うことは？ 楠田くん」

冷たくベトついた唇を嚙み、楠田は直立した。

そして芽衣に向かい、勢いよく頭を下げた。

「芽衣さん、あなたの作品、俺に本気で撮らせてください！」

2

甲坂から電話があったのは、昼過ぎだった。朝方まで仕事をし、まだ寝ていたテンコは、パネルに表示された名前を見てベッドから跳ね起きた。

「はい、紫城です、あの……」

神楽坂での一件以来メールの返事は一ヶ月以上、できないままでいた。そこへきての突然の電話に、後ろめたさやら不吉な疑念やらがないまぜになり、しどろもどろになっていると、

「紫城さん、シーソーを題材にした作品を書いていただけますか」

唐突に甲坂が言った。

「シーソーって、あのシーソーですか。公園とかにある遊具の」

「そうです、あのぎったんばっこんのやつです。AVの制作会社から紫城さんご指名で原作の依頼がきたんです。最初、僕としてはシーソーって無茶振りだなと思ったんですが、先方から話を伺ううちに、おもしろいなと」

「その、私、いま実は仕事は……」

「監督は楠田昇さんという、新人さんだそうです」

息を呑んだ。

「如何でしょう。せっかくなのでその一本、AVの原作だけでなく、うちの短編としても仕上げていただけませんか」

いつもなら、お世話になっております、などと挨拶の長い甲坂が、ひたすら単刀直入に本題を述べている。

「自信はありませんが……」

「書くだけ書いてみませんか」

「……読むだけ、読んでいただけますか」

「もちろんです。楽しみにしています！」

電話を切り、テンコはのろのろとパソコンに向かった。足の裏が床から浮いている。パソコンの電源スイッチを押す指にも、血の通っている感覚がない。

シーソー……シーソーでAV……？

楠田も甲坂もなにを考えているのだろう。ブランコの『チン食い競争』に匹敵するようなおもしろネタを、自分なんかが編み出せるとでも？

不安とは裏腹に、久しぶりに楠田の名を耳にして、胸が熱い。そんな現金な自分の身体を、みっともなく思う。

冷静になろう。きっと楠田も甲坂も、自分にはまだ女流官能作家としての使いどころがあると思っているだけだ。だから、いいのを書かなくちゃ。せめて誰かがそれなりに本気で愉しんでくれるものを、書かなくちゃ。

パソコン画面の時刻は深夜零時を指していた。

テンコは椅子に三角座りをし、白い画面を眺めていた。

書こうと思い立ってから約半日が過ぎていた。

デスクの上には、消しゴムと定規で組み立てた手づくりのシーソーがある。

茶グマと白クマのぬいぐるみを持った。シーソーの端に、それぞれをまた乗せてみる。ぎったんばっこん。

どちらもまったく楽しそうではない。なんでこんなことをさせられているんだ、という顔をしている。

頭が動かない。無理だ。クマたちをデスクに置いた。

立ちあがり、キッチンに行った。最近、気分がだれると冷蔵庫を開けるのが癖になっている。

特に食べたいものがないのはわかっているが、改めて見ると本当になにもない。少し残っている小松菜にも卵豆腐にも食指が動かない。

気分転換にコンビニでも行こうか。

パーカーを羽織り、マスクをした。

久しぶりに夜道を歩くと、厚手のパーカーでは肌寒いほど空気が冷えている。そういえばもう十一月に入っていた。

パーカーのファスナーを首元まで閉め、ポケットに手を入れ、身を屈めて歩いた。

通りの人影は少ない。駅のほうからぽつぽつと、最終間近の列車から、家路につく人たちの姿があるだけだ。

吉祥寺で男ふたりに絡まれたのも、こんな夜だったっけ。あの翌朝、目覚めた部屋にいた男は結局、誰だったのだろう。あの夜、なにをしたのだろう。考えれば考えるほど、自分という女は最悪極まりない。

木枯らしが吹いた。身をすくめた。そのとき耳に、キィ、と、かすれた金属音が鳴った。

キィ、キィ——

淋しげな音に顔をやった。そこは児童公園だった。地域の自治会館に隣接している小さな公園。あるのは知っていたが、入ったことはなかった。

オレンジ色の淡いポールライトに照らされて、二台のブランコが、キィ、と風に揺れていた。

児童向けの公園なら、ブランコ以外の遊具もありそうだ。

入ってみた。ブランコやすべり台の向こうに、やはりシーソーがあった。

近づいて見てみると、わりあいに古い木製のもので、水色のペンキがところどころ剝げている。

またがり、腰をおろしてみた。尻がひんやりする。ポケットから手を出し、黄色く塗られた鉄製の取っ手をつかんだ。氷みたいに冷たい。

また風が吹いた。シーソーの向こうで、背の高い木々がさわさわと揺れた。

それ以外はなにも起こらない。シーソーなんて動かさなければ、ただのオブジェだ。

冷たさがしんしんと尻から腹に這いあがってくる。内臓や骨にも沁みてくる。テンコは身震いした。

シーソーの向かい、もうひとつの端を見た。

たくさんの人が座ったのだろうそこも、ペンキがうっすらと剝げていた。

馬鹿みたいだが、そこに楠田が座っている姿を想像した。

そこに、彼がいる。いま、向かい合って、ふたりは笑い合っている。

彼の身体の重みが、シーソーにかかり、私の身体を浮きあがらせる。

彼の足が地面を蹴って、今度は彼が空にのぼる。私の重みで、彼の身体が木々の葉っぱをバックに、また笑う。

そして今度は私が、地面を蹴る。私が動く。交互に、彼と一緒に――

気づけばテンコは泣いていた。洟を一回すすって、そんな自分に腹が立って、立ち上がった。公園を出て、駅に向かった。その足が徐々に速まる。

駅前のタクシー乗り場では、終電を降りた人たちが列をつくっていた。

待てない。じっとしていられない。もうじっとなんてしていられない。

テンコはそのまま、大通りの歩道を歩きはじめた。動きたい。身体中がうずうずしている。走りだした。永福町から吉祥寺まで、駅は八つくらい。歩けばどれだけかかるかわからない。彼のアパートだって知らない。

でも、あの夜、彼が歩きながら言ったことは憶えている。路地を曲がってちょっと行ったところに熱帯魚屋があって、その先の、豆腐屋のあるあたり……

テンコは駆けた。この道は確かに彼のもとに続いている。そのままローマに行っちゃうくらい、すべての道は目指す場所に続いている。会いたい。身体中が熱い。たまらない。

車道を走る車のライトが、次々と光を浴びせては通り過ぎていく。誰に見られたっていい。走り続ける。もう私は嘘なんてつかない。この思いだけは絶対に手放さない。彼に会いにいく。だって私は私の人生のヒロインだもの。走り続ける。ヒロインは自分の進む道を自分の力で切り開くものなのだ。

＊

「お疲れさんでした」

大通りで、楠田はハイエースを降りた。

「はいよ、お疲れ」

運転席で、立木監督が煙草を持った手を上げる。

ドアを閉めた。再発進する車を見送ろうと二歩下がった。

すると、ウィンドウがおりた。開いた窓の枠に監督が手をかけ、「楠田よぉ」と声を出す。

「おまえ、よく決めたな。しかも初監督で芽衣主演でシーソーかよ。攻めるな」

監督が皺ばんだ目を細め、煙を吐く。

「はい」

今日、監督に報告した際は「へえ」とだけ答え、スタジオから帰る車内では、いつもどおりラジオから流れる歌を口ずさんだりしていた監督だった。

「すみません。監督にご相談する前に、勝手に芽衣さんに申し込みました」

楠田は声を改め、直立で言った。

「いいんだよ。あいつもあいつなりに、次に繋げる終わり方をしたかったんじゃねえの。まさか最後から二本目で新人のおまえとやるとは、業界もびっくりだよ」

「監督にも芽衣さんにも誇ってもらえるよう、いいのを撮ります」

「んな意気込まなくていいよ。所詮ＡＶなんだからよ」

吹き出した監督が煙を吐き、煙草を車の灰皿に突っ込む。

「好きにやれよ。おまえが多少なんかやらかしたところで、どのみち芽衣の有終の美は俺が飾るんだし。あと、おまえの初監督現場は、俺が助監でついてやるから」

「監督が？」

「だって、おまえらみたいなスタッフはあっちこっちの現場行けるけどさ、監督って自分の現場しかできねえんだもん。つまんねえんだよ。おまえんとこで久しぶりに、こき使われる助監をやらせてくれよ」

「きっついなー。立木監督の目も気にしなきゃなんないのか」

「きついだろ」

「でも、その現場では俺が監督ですから。立木監督がなんか言っても、俺は言うこときさきませんから」

「言うかよ。ひと言でも口出ししようもんなら、芽衣があとでおっかねえもん。じゃな、よろしく頼むよ、楠田監督」

立木監督が首を引っ込め、ウィンドウが上がった。

エンジンがかかり、監督のハイエースが大通りの車の波に戻っていく。

楠田は深くお辞儀をして車を見送り、さあ、と声を出して顔をあげた。気を引き締めるぞ。

自宅アパートへの道を歩く。

テンコからは、今日の昼過ぎに出版社を通じて、原作執筆の承諾をもらった。心底ホッとした。自分の名前を伝えるだけで、断られるかと案じていた。

だがどの業界でも、仕事を断れない事情というものはある。特に彼女のことだから、嫌々引き受けたものの、シーソーでエロという無茶ぶりも加わって、いまごろは受けたことを後悔しているのかもしれない。しかし、だったら断れなかったあいつが悪い。

吐く息がうっすらと白かった。十一月に入って、急に冷え込むようになっている。早いところ帰って、風呂で動画でも観ながら次の仕事のアイデアを練ろう。

アパートの前に着いた。

足が止まった。

外階段の一段目に、女が蹲っていた。

パーカーにジャージ姿。栗色の長い髪。顔にはマスクをして、肩で息をしている。

近づいた。彼女が楠田に気づいた。ハァハァと息をしながら手すりにつかまり、よろめきつつ立ちあがった。

「あの……」

寒い夜なのに、額には汗粒が浮き、首筋に髪を貼りつかせている。

マスクをしたまま、彼女が楠田を見て言った。

「私のこと、わからないかもしれないけど……」

「は……」

啞然とした。

楠田は二歩、三歩、彼女にまた近づいた。目の前に立った。

「おまえ、本当に俺を上手く騙せてると思ってんの？」

「え……」

「テンコ、麗美、ヤマナカノリコ、このゲロ吐き酔っ払い」

「……？」

「どうしようもねえ馬鹿女。臆病で、ひねくれてて、頭が堅くて、打たれ弱くて」

テンコの両頬をつかんだ。マスクを口で噛んで引き下げた。

テンコがびっくりして目を見開いた。

額をゴツンと強く当てた。テンコの目をしっかりと見る。頬が痛いほどに歪みだす。

「ここまで来て、まだわかんないか。本当に馬鹿だ、おまえは」

テンコの目にみるみる涙があふれだす。

泣いているのに笑いだしてもいる。楠田もそうだ。

「俺も馬鹿だ」

「わかった」

「わかってねえだろ」

「わかったよ」

「なにがわかったよ」

「うるさい、私がわかったって言っている」

「俺はもうおまえに嘘をつかない。だからおまえも俺を信じてくれ」

頬をつかんで言った。

テンコが頷いた。ブタみたいに頬を寄せられた顔で頷く。涙目で、しつこいくらいに何度も頷く。

「よし！」

楠田はテンコを強引に背中におぶった。

「ちょっと、私、重いんだよ」

「知ってるよ」

そのまま問答無用とばかりに階段をのぼった。

しっかりと背中に抱えて段を踏みしめる。

テンコが両腕を楠田の首に巻きつかせてくる。髪が頰をくすぐった。

「懐かしい匂いがするよ。ゲロの匂いはしないけど」

「ゲロって？」

「このまま、俺の部屋におまえを連れていくからな」

「うん」

「鍵はベルトにぶら下がってるから、おまえが開けろよ」

「まかせろ」

「まかせろ、じゃねえよ。俺、もうあのときみたいに、おまえをおぶったまま苦労すんのやだからな」

「どんな苦労したのか、私は知らないもん」

「これからたっぷり話して聞かせてやるよ！」

「私もいっぱい、話すことがある！」

力いっぱい、羽交い締めされるように抱きつかれて、楠田の視界が涙で霞んで揺らめいた。

3

ベッドに転がり、嚙みつくようにキスをした。

前歯がぶつかって、「あちっ」となった。その不細工さにふたりで笑った。

テンコのパーカーのファスナーをおろす。ホテルのガウンではない、彼女の私服をこの手で脱がす。首筋に鼻をつけると、シャワーを浴びてすぐのボディソープの香りはなく、彼女の素の肌のうっすらとした皮脂の匂い、さらに走って汗をかいた皮膚の湿り気を感じる。

耳や首筋に口づけながらパーカーを脱がせ、シャツをまくった。肌が露わになるごとに愛しさが募り、脇腹にも腹部にも唇を這わせる。

「んっ……」

テンコが横を向き、手の甲で口を押さえた。細い首筋と頰をベッドサイドランプが淡いオレンジ色に染めている。

「声、我慢するなよ」

「だって……」

ラブホテルと違って安アパートの壁の薄さを気にしているのだ。

本当にいまふたたび彼女が、自分の部屋にいるのだという実感が湧く。声を堪えているテンコも可愛いが、逆に素直な声も聞きたくなる。

シャツをまくりあげながら、みぞおちにも、万歳をさせた腋窩にもキスの雨を降らせた。

「あっ、はぅ……」

唇をすべらせるごとに、テンコは敏感に全身をビクン、ビクンと跳ねさせる。

上半身をブラジャーのみにさせた。初めて見たときと同じような、飾り気のない素朴な質感の白のブラジャーだった。

「そんな、見ないでよ……」

いまさらながらに、テンコが腕を交差させ、胸を隠そうとする。

その手を外そうと思ったが、だったら先にジャージをおろそうとウエストに手をかけると、今度はテンコがその手をつかんでくる。

「なんだよ」

「明かり、もうちょっと暗くして」

「うちのはホテルみたいに調整できないよ。点けるか点けないか」

「じゃあ消して」

「駄目に決まってんだろ」

「せめてライトの向きを変えて」

テンコが片手で胸を隠しながら、片手をランプに伸ばし、シェードを向こう側に向ける。

明かりは遠のいたが、その隙に腹部が無防備になった。楠田はジャージのウエストをおろしにかかった。

「きゃっ」

ヒクッとこわばった腹に舌を這わせた。ここもほんのりと汗の味がする。舌先が臍《へそ》のくぼみに触れた。いままで触れたことのない場所だった。さらに舌を挿し込もうとすると、

「いや」

今度は頭を強く押さえられた。髪に指が挿し込まれ、頭皮がじりりと擦られた。妥協するわけがない。舌先を奥まで潜り込ませた。

「あっ……！」

瞬間、テンコの総身が弾んだ。

「や、だ……待って……」

彼女の声と、楠田の髪をつかむ手がわななく。

「気持ち良くないか？」

「わからな……恥ずか……し」

身体の中でも皮膚の薄い、繊細な場所だ。舌先をくねらせ、奥まった箇所をちろちろとくすぐった。肌のほかの場所よりも、味が濃い気がする。その味を深く味わい、刮げ取りたくて、縦長の愛らしい臍を丹念に舐め続ける。

「あっ……ン……」

テンコは薄い腹部をヒクヒクと引きつらせ、楠田の胸のあたりで両脚をよじらせる。

「びりびり、する……なんか、不思議な、感じ……」

仄かなライトに照らされた顔が、泣きそうに歪んでいる。

「だって……」

テンコが両手で顔を覆った。

「だって私、最近、身体のお手入れを怠っているし……まさか、そんなところ……」

テンコは本気で恥ずかしがっている。そして初めての感覚にうろたえている。その姿を見て、いままで散々してきたセックスよりも、一線を越えた気がした。

「なにもしなくても、おまえはどこもかしこもきれいだよ」

ジャージのウエストを更に引きさげた。

テンコの尻がバウンドし、パイプベッドが軋みをあげた。

ジャージを足先まで抜き、スニーカーと靴下を脱がせるときは、デジャヴ感におかしみが込み上げた。

ブラジャーとショーツだけの姿にし、楠田はふたたび彼女の上に身を重ねた。

肌のぬくもりにほっとしたようにテンコが背中に手を回してくる。

だが安堵感は束の間、触れ合った肌や、密着した下腹部からもたらされる淫感が、ふたりの身体で燃え広がっていく。

テンコの二の腕をつかみあげた。腋窩に舌を伸ばした。

「あっ、やだ……」

テンコが驚いて腕を閉じようとする。そのせいで腋の中心が縦にへこみ、可憐なくぼみを描く。

腕を押さえ、楠田は無理矢理くぼみを舌でなぞった。

「あ、あっ……」

せっかく臍から解放されたのに、今度は腋だ。テンコは畳みかけられる妙な愛撫にとまどいを隠せず、懸命に肩をすくめ、腋をへこませ、楠田の舌から逃れようとする。

だが同時に舌が皮膚の上で動くたび、上半身を弾ませ、下半身までをも官能的にひくつかせる。

滅多に人目に触れないデリケートな場所を、楠田は唾液を溜めた舌で舐めあげた。ここも甘酸っぱい汗の味と体臭がする。紛れもないテンコの身体をいま口にしていることに、味蕾《みらい》が悦び、鼻腔から肺が陶然と痺れていく。執拗にねぶり回した。

「くす、だ、さ……」

狼狽の隙間で喘ぐ声が、楠田の名を呼ぶ。

「テンコ、おまえのその声、好き」

腋窩が、楠田の唾液にまみれてねっとりと濡れ光っていた。もっとこの身体のどこもかしこも、自分の唾液でベトベトにしたい。

手をブラジャーのホックに回した。外し、カップをずらしながら、わずかでも現れた皮膚に唇と舌をすべらせる。

テンコは息つく間もない淫感に、走った直後以上の乱れた息を放ち、身体中をビクビクと反応させている。

カップが乳丘をすべり落ち、先端の尖りが露わになった。

楠田はいったん口を離し、尖りを間近で見つめた。

ピンクに薄茶を混ぜた色合いの乳頭は大きさも控えめで、さらに色の薄い乳輪が突端を取り囲んでいる。

尖りの付け根を、そっと舐めた。

「はンッ……」

テンコが敏感に腰を弾ませた。

乳首全体を舌で転がす。楠田の舌の上で、最初は柔らかかった乳首が、瞬く間に硬くふくらんだ。

その硬く転がる感触が楠田の舌にも心地好かった。一心に乳首を吸い、いじらしいこわばりを練りしゃぶった。

テンコは上半身を三日月のように反り返らせ、しゃくりあげるような喘ぎを放っている。

「感じ、る……楠田さん……」

「ああ」

もう一方の先端にも唇を移動させ、尖りに歯をたてて楠田も答えた。

「ずっと、こうしたかった。ずっと想ってた」

「私も……私も……」

ずっとこれを想っていたのだというように、わななく指で楠田の頬に触れる。乳首を含んでいるためにわずかにへこんでいる楠田の頰の輪郭を、指の腹で確かめ、唇を愛おしそうに撫でさする。

興奮がぐっと沸きたった。下半身に火のような欲情がふくれあがる。

楠田は自身のシャツを脱ぎ捨てた。続いてカーゴパンツをボクサーブリーフごと引きさげる。

脱ぎ終えるまでの肌が離れる間も惜しかった。

パンツを膝まで下げたところで楠田はふたたびテンコの上に乗った。乳房に唇をつけ、豊かな双乳を揉みしだいた。

残りのカーゴパンツはふたりで脚をもつれ合わせながら、足先までおろしていく。

テンコのショーツも同じだった。脱がせるムードよりも、とにかく一刻も早く生身の肌で触れ合いたい。

乳房を揉みしだく合間にショーツをおろした。テンコも楠田の頭を抱きしめながらその手を手伝い、自ら下着を剝いでいく。

ふたりの身体を覆っていたものが一糸もなくなった。

改めて全身で抱き合った。

キスをし、深く舌を絡め合い、身体中を足の先まで擦り合わせ、肌の感触をまさぐった。

性器が直に触れ合う。反り返った男根をテンコの繊毛の生い茂る恥丘に擦りつけた。裏筋がビクビクと淫感を走らせる。そのままずべりおろしていくと、亀頭の先がテンコの女陰をかすめた。

どちらも濡れている。楠田の亀頭も先走り汁をしたたらせ、テンコの裂け目も蜜をあふれさせている。

また乳房をつかみ、乳首をしゃぶった。しかしテンコの欲求は自身への愛撫よりも、楠田の男根に向いていた。勃起肉をつかまれた。

「あっ……」

女みたいな高い声が出てしまい、楠田はテンコの乳房に額を埋めた。

テンコが硬く膨張した男根の根元を握りしめ、ゆっくりと手を上下しだす。

「すごい、大きい……」

ぞくぞくぞくっと射精感が込みあげる。早すぎる。楠田は歯を食いしばり、快感の凄まじさに耐えた。

テンコの指は、胴肉をさすりながら亀頭にも伸び、先端の溝をなぞりあげてくる。

強烈な電流が駆け抜けた。腰が電気ショックを受けたカエルのように跳ねあがる。

跳ねあがっても、股間はテンコの手から離れない。むしろ勃起肉の皮膚が手のひらで擦れ、彼女はますます強く胴肉と亀頭の境目を握りしめ、液を漏らす鈴口をさすってくる。

「ん、ん……」

どちらの声かわからない。楠田はテンコの腕をつかみ、乳房に顔を埋め、陰茎を彼女の手に委ねた。

慌てなくても、互いに肌を重ねているだけで気持ち良い。

そう思いつつ、キスをした。すると舌を絡めた途端、もっと身体中に口づけて味わいたくなった。

屹立を握りながら、テンコが囁く。

「舐めたい……」

「待て」

かろうじて楠田は反抗した。

いま咥えられたら本気で危ない。すぐに爆発してしまう。

「待て……待って」

最終的にはお願いのような口調になり、顔をテンコの下半身におろしていった。

性器はテンコと離れても、男根がひとりでにビクビクと痙攣に近い脈を打っている。

みぞおちから、もう一度、臍を、そして下腹部に舌を這わせていく。

淡い繁みを舌先で掻き分けた。

テンコが太腿をきゅっと緊張にこわばらせる。

楠田はその力を抜くよう、繊毛を口で引っ張って弄んだり、鼠蹊部を舌先でくすぐったりしながら、唇を核心部へ近づけていく。

舌の先端が、ささやかな突起に触れた。

「あぁっ……」

テンコが悲鳴をあげ、身体をまた弓なりに反らせる。

肉芯の周縁をちろちろとくすぐると、テンコはヒクッ、ヒクッと腰を震わせ、そのたびに閉じていた太腿が、おそらく無意識に、少しずつ自ら開いていく。

女芯をダイレクトに含んだ。

柔らかく吸引しながら、小さな肉粒を慎重に舐める。

「あ、あ、あ、あ……」

テンコはもう腰を浮かせ、双乳を震わせつつ、母音しか発せない喘ぎを繰り返している。

口の中で、陰核もすぐにふくれあがり、内側の薄い媚膚をのぞかせていた。

過敏な薄膚を、楠田は舌の腹でゆっくりとさすりあげる。

「んん、ぁあん……」

楠田の舌の動きはスローだが、テンコの腰はさらに小刻みに揺れ、高く浮きあがっていく。

その狂おしげな喘ぎを耳にするだけでも、楠田の男根に興奮が満ち満ちてくる。

「う……」

すがるように、テンコの太腿をつかんだ。

きつく指をめり込ませ、左右に押し開いた。

「や、あ、あぁぁ……」

反射的に膝を閉じようとしたものの、テンコは楠田にされるがままに脚を大きく開いていく。

仄かなライトの中、翳りをまとう女園が目の前に露出した。

秘唇はよじり合って、まだ口を閉じている。

だがわずかにのぞく裂け目の奥に、ぬめりの光があった。

そっと口を近づけた。ここもいつものボディソープではない、わずかなアンモニア臭や恥垢の匂いを孕んだ、生々しい女の匂いがした。

舌を挿し込んだ。

「あぁンッ……」

悲鳴とともに、舌が秘肉にきゅっと締めつけられた。

かまわず、さらに先端を潜らせる。ぬめりが湛えられている場所まで舌を差しのばすつもりだった。

だが、熱い潤いが先に、楠田の舌肉に絡みついた。

「んん、ん……」

鼻で息を漏らした。舌が自然にうねりだしていた。

ちゅぷっ、ちゅっ――

舌の周囲で、粘膜が官能にほころび、蕩けた蜜をあふれさせてくる。

「あぁ、あ……」

テンコは細首をのけぞらせ、悩ましくも切迫した喘ぎを放つ。

楠田は荒々しく舌を練り動かした。ずっと求めていた女の中心部だった。

優しさよりも飢えの勝る、むしゃぶりつくような愛撫だった。

吸い込んだ匂いが楠田の鼻腔と肺を満たし、吐く息までがテンコの匂いになっている。

激情が止まらない。舌肉を激しくうねらせ、同時に顔ごと前後して蜜口の縁をさすりあげた。

「はぁ……あ……すご、い……」

仰け反っていたテンコの身体が、徐々に丸まりだした。

こわばる手を楠田に伸ばし、頭や肩を掻き抱く。

「楠田さん……感じる……感じる……」

もはや完全な泣き声だった。

髪を掻き毟られながら、楠田はいっそう懸命に蜜肉をしゃぶりあげた。

舌腹でクリトリスに近い裂け目の縁を摩擦した瞬間、

「きゃンッ……」

テンコが仔犬が鳴くような高い悲鳴をあげ、ますます全身を屈ませた。

そう、ここだ。

テンコの感じる場所は口も指も憶えている。いまは彼女の反応のもっとも敏感だった一点に狙いを定め、膣粘膜の天井部とクリトリスの中間部をねぶり続けた。

快感が高まるほどにテンコの身体は胎児となり、上半身はどうしても横向きとなる。だが下半身は楠田に委ね、ひたすら卑猥な痙攣を繰り返している。

「ああぅっ……」

堪えきれないというように、内腿が楠田の頭を挟み込んだ。

直後、テンコの総身がひと際峻烈に震え、

「はぅぅぅっ……」

凄艶な悲鳴とともに、動きを止めた。

「はぁ、はぁ、はぁ……」

そうして荒い呼吸を放ちだす。

イッたのだ。

シーツの波に横たわる顔は、羞恥も演技もなにもかもを捨て去った、忘我の表情を浮かべていた。

「テンコ、イッたか」

荒い息を吐きながら、テンコが余韻に濡れた眼差しで楠田を見る。汗で髪が額や頬にへばりついている。

しばらく落ち着くまで待ってやろうと、頬に貼りついた髪を掻きあげてやると、まだ陶然と瞼のくぼんだ目が、楠田に近づいてきた。

「え……」

唇が塞がれ、舌がねぶり回された。喘ぎすぎて乾いていた小ぶりな舌が、楠田の口内で唾液で潤いだす。

そのままテンコは問答無用に、楠田の首筋と胸に唇をすべらせ、股間部に顔を埋めた。

勃起した男根が、濡れた舌に掬いあげられた。

舌肉が裏筋を這い、露頭が唇に含まれた。

「無理するな」

絶頂を迎えたばかりで疲れているに違いないテンコの頭に手をやると、テンコは分身を頬張ったまま、無言で首を横に振った。

そうして勃起肉の膚《はだ》に唇をすべらせ、喉の奥まで呑み込んだ。

「あっ……」

鮮烈な快美が分身をくるみ込んだ。

そのままテンコが苦しげに眉を寄せた顔で、ストロークをはじめる。

むちゅ、ちゅにゅ、にゅちゅ――

肉肌と口腔粘膜の摩擦する粘着音の合間に、テンコの鼻腔が「くふっ、んん……」と途切れ途切れの息を漏らす。

楠田は背筋に衝きあがる淫感に腰を震わせつつ、テンコの頭を手のひらで包み込むように抱いた。

愛撫というよりもむしゃぶりつくような唇が、張り詰めた肉肌に吸着し、ぬめりの摩擦を寄こしてくる。

限界まで開けた口の奥に、亀頭部が打ちつけられるように吸い込まれ、波打つ唾液の海で締めつけられている。

「ングッ……ゴ……」

ひたすらに前後する彼女の胸元で、乱れた髪と双乳が揺れていた。顔中が汗に照り光り、唇から泡立った唾液が何筋もこぼれて糸を引き、その糸も顎の下で揺れている。

男を悦ばせる技巧よりも、自身の苦痛よりも、急いた欲望が彼女を支配していた。たとえ身勝手な欲望でも、それを懸命に楠田にぶつけてくるテンコは、いままで見たどの彼女よりも美しかった。

射精感がふたたび充満した。

口内粘膜に摩擦され、うねる舌のまとわりつく肉幹の内部で、興奮のマグマが臨界点を迎えている。

もういっときも我慢できない。こいつに挿れたい。

「テンコ」

テンコをベッドに横たわらせた。

涙や唾液や汗でぐしょぐしょの顔が、一途に楠田を見あげる。

しかしそこで、そうだ、と思い出し、ベッド下に脱ぎ捨ててあったカーゴパンツをたぐり寄せた。ポケットのひとつから、撮影用の余りのコンドームを取り出す。

袋を嚙み切ろうとすると、テンコの手が邪魔した。

「駄目だろ、着けよう」

テンコが駄々っ子のように首を横に振る。楠田の手からゴムを奪おうとする。

「いいから、な」

目で説き伏せ、袋を嚙み切った。

テンコは唇をへの字にして、ゴムを装着する楠田を拗《す》ねた涙目で見あげる。

「俺が安心して、おまえを愛しきりたいんだよ」

テンコの上に、また身を乗せた。

瞼まで濡れたテンコの大きな目から、涙がこぼれ落ちた。

「いくよ」

欲望に張り裂けそうな剛直を、テンコの裂け目に押し当てた。

そのまま手で支えなくても、分身はまっすぐ彼女の中に吞み込まれていく。

肉茎の半分ほどが埋もれた直後、

「あぁっ……！」

テンコが喉が割れるような嗚咽を放ち、楠田の肩を鷲づかみにした。

「すごい……くすださ……くすださん……っ」

汗ばんだ華奢な腕と脚が、楠田の背中と脚に絡みつく。

愛蜜の煮えたぎる膣肉が、剛直を余すところなく引き絞った。

「あ、うっ……」

懐かしい肉路に、身体ごと、脳髄まで引きずり込まれていく。

鮮烈な充溢感《じゅういつかん》が楠田の全身をのけぞらせた。

この凄まじい快感をすぐに吐き出すわけにはいかないと、脳から血を噴き出すような思いで堪えるのとは裏腹に、腰がひとりでに動きだす。

躍動し、締めあげてくる粘膜の海に、欲望の塊を打ち込んでいく。

「うあっ、ううぅっ……！」

「あぁっ、あぁっ、あぁぁっ……！」

テンコもまた楠田にしがみつきながら、下半身をうねらせ、喜悦の炎を煽りたてる。

無我夢中で腰を打ち振った。パイプベッドが破裂しそうな勢いで軋んでいた。

「テンコ……！」

口づけた。激しく舌を貪るふたりの口腔で、湿った呼気が躍り、喘ぎが溶け合う。

「すごい、すごい、あぁっ……！」

テンコは乱れた息を吐き、すがるように楠田の唇や舌を嚙み、抱きついた手の先で背中を掻いている。

楠田の腰を締めつける脚は瘧《おこり》にかかったように震えていた。

狂乱に似た状態で喘ぎ悶える一方で、楠田を締めつける膣肉は命を宿したかのように力強く蠕動《ぜんどう》している。

「イッてる……私……どうしよう、あなたが挿ってきたときから……もう、わからない……！」

「俺も、わからない……止まらない……！」

本能のままに腰を振り抜いた。

荒々しい突き上げに、テンコの身体が上に押されていく。だんだん頭や上半身がベッドからはみ出ていく。

強引に腰が屈曲させられることで、打たれる角度が変化し、テンコはさらに動揺と悦楽のさなかに陥っていく。

「あぁぁぁっ……からだが、どっかに、いっちゃう……」

抱きしめた。引きずり起こそうとしたが、理性の余裕は欲情に奪われていた。ふたりは繋がったまま、ベッドから床に転がり落ちた。

身体のどこかを打った。それよりも、テンコがますます楠田にしがみつき、爪をたてて掻き抱く背中の痛みのほうが甘美で鮮烈だった。欲する激情が止まらない。硬い床の上、楠田はいっそう烈々と腰を突き上げた。荒ぶった欲情を獰猛《どうもう》なほどに打ち込んだ。

「好き、楠田さん……好き、好き……！」

分身、楠田そのものがテンコの中で好き勝手に暴れている。泣くくらいの快感が股間から背筋、脳天を燃やし尽くす。

「テンコ……」

怒濤の抽送を続けながら、楠田はテンコの額に額を当てた。

涙がぽとりと彼女の目に落ちた。

「うん」

ふたり分の涙に濡れた瞳が楠田を見つめる。

「セックスって、こんなに気持ち良いんだな」

心を込めて抜き差しし、言った。

「そうね、だって……」

テンコが泣き笑いで答えた。

「あなたがいま、私の真ん中にいる……」

快感が弾けた。悦びが満杯になった塊が、いま奔流となって流れ出た。

飛沫いた楠田の熱を、テンコの体内が受け止める。

「あぁぁ、あぁぁぁ、好き、好き、好き……！」

「俺も、好き、テンコ……！」

欲望は止まらない。切ないほどの愛しさの中で、楠田はがむしゃらにいまの想いを一滴残らず振り絞ろうと、テンコの中にど真ん中に突き進んでいった。

エピローグ

俺は錠。稲田錠。稲田ってのは文句なしにいい苗字だ。俺は自分の名前を見るたびに米が食いたくなり、人にも食わせたくなる。親父もお袋もそうだったらしい。すげえピースフルな名前だよな。

逆に錠は尖ってる。イカすだろ。まずジョーって響きがシンプルでいい。シンプルな上に長音符で終わるから、音が途切れずに響き続けるんだ。ジョー——ウォンウォンウォン——。なんでも宇宙のはじまりのビッグバンの音も、いまだに消えることなく宇宙中で響き続けているらしいぜ。すごいよな。たとえ人間の耳には聞こえなくても、いったん放たれた音は、どこまでも存在することを止めず、無限に広がるエネルギーとなって生き続けるんだ。

錠。漢字もいいだろ。錠ってのは鍵の本体だ。挿し込む側がＫｅｙで、本体の錠はＬＯＣＫ。ロックだぜ、ロック。できすぎだろ。

その本体がいま、鍵をひとつも持たず、ギター一本だけを抱えて、誰もいないライブハウスに立っている。吉祥寺のGB。上京したての頃から対バンもワンマンも演ってきて、ここ十年くらいは必ず月一で立っていた小屋だ。

昼間のライブハウスって不思議なんだよな。無人なんだけど無人って感じがしない。毎晩、この箱いっぱいに響いている楽器と歌と客たちの歓声が、まだここにある気がするんだ。本体がなくなっても、ピークの音が残響している。都会の隅っこの、汚くて小さい小屋で、誰にも気づかれないで、熱狂を続ける音があるんだ。

「錠さん、わざわざ来てくださって、ありがとうございます」

奥の事務所から、ノブが出てきた。この小屋のマネージャー。まだ小僧なような気がしていたが、考えてみればこいつももう四十代半ばだ。

「エフェクターとか譲ってもらうだけでもありがたいのに、持って来てくださるなんて。こっちから車で取りにいくつもりだったんですが」

「いいの。俺も最後にここ来たかったし」

「うわ、ファズとかフランジャーとかすげえのたくさん、本当にもらっちゃっていいんですか」

「どうせ全部は持っていけねえもん。ここで使ってもらったら、こいつらも本望だよ」

「今日、お発《た》ちになるんでしたっけ」

「そ、これから新幹線」

「と言っても、東京と山口なんて片道五時間くらいですからね。またちょこちょこ来て、ライブしてくださいよ」

「おう、いつでも呼んでくれよ。楽屋に俺用の布団、用意しといてくれな」

「なに言ってんですか、うちに泊まっていただきますよ。妻も子供も錠さん、大好きですから、大歓迎ですよ」

こうやってみんな、最後だってことから目を逸らして、これからもいまの時間が続くようなことを言うんだ。どいつもこいつも弱くて優しいよな。

煙草に火を点けた。ちょうどこの一本で箱が空になる。ついでにこの際、禁煙しよっかな。

「すいませんが、錠さん、このエフェクター、一回音を通してみてもらってもいいですか」

ノブがステージにエフェクターと自分のギターをセッティングしている。

「なんだよ、使い方は見てわかんだろ」

「いや、でも一回、直に教えといてくださいよ」

「んだよ、手間かかるな」

煙草をカウンターの灰皿で揉み消した。ステージに上がり、ノブと一緒にシールドを繋ぎ、音を出す。リバーブとかイコライザーとかいろいろあるけど、俺、ワウってのがいちばん好

きなんだよね。ほらよってな感じで鳴らしたら、

「ああ、このワウ、錠さんの音って感じです」

ノブが声を輝かせた。

「そっかぁ。俺はジェフ・ベック目指してたんだけどね」

人生でいちばん完コピした、ベックの「I Ain't Superstitious」を一フレーズ弾いてみせる。ワウを利かせた名曲といえばこれ。宇宙一格好いい。ワウワウワウン――

「あ、わかります。でもやっぱ、錠さんの音です。俺のギターなのに、錠さんの音だ」

下手だと言いたいんだろ、と茶化しかけたが、ノブが真剣に弦を弾く俺の指を見ているのでやめた。

そういやユートも言ってたな。自分は子供の頃、錠さんみたいになりたくて、錠さんそっくりにギターを弾きたくて、完コピして練習しまくっていたって。そうしたらいつの間にかそれが、ユートの音、と言われるようになったって。

ノブのギターで、エフェクターをひとつひとつ鳴らしていく。最後のディストーションで狙ったとおりの歪《ひず》みを鳴らすと、

「イエーイ」

と入り口で声がした。ギターの原と博英《はくえい》に、ベースの岡本、ドラムのDEBU。むさ苦し

いのがぞろぞろと雁首そろえて入ってくる。

「なんだよ、みんなして」

「品川まで車で送ってやるよ」

DEBUがごつい指で車のキーを回す。

「あのヤニ臭《くせ》えワゴンか。こっち、もう終わるから」

ギターをノブに返した。

「よし、じゃあもういいだろ、ノブ」

「……はい」

ノブが鼻声になったので、肩をポンと叩いて立ちあがった。

ステージを降りようとした。そのとき、鋲のついた自分の革靴が、コン、と鳴った。

コーン――ガランとした会場に、音が反響する。

コーン――もう一度、靴を鳴らした。コーン、コーン――

「どうした、錠」

カウンターの前でDEBUが訊く。

「いや、いい音鳴るなと思ってさ。いまさら気がついたよ」

その声も、小屋中に響いている。気持ち良い。ナチュラルなワウ。残響音。こだま。

いや、残響音とかじゃない。俺がいま、リアルタイムで鳴らしている音。

この音で、俺いま、すっげえ格好いいこと言いたくなっちまった。

「俺、行けね」

すっげえシンプルな、正直な言葉。

「俺、こっから動けねぇ。見ろよ。足が床にくっついて動けねぇ」

すっげえ格好悪いけど、これ以上ない、まっすぐな本音。

ステージで足踏みして靴音を鳴らした。

「わあっ」

と叫んだ。

「重いんだよ、足が。こんなになんもかんも捨てたのに。すげえ、俺、まだこんなに重い」

原たちが顔を見合わせ、鼻で吹き出した。

「俺、やめられねぇわ。俺はまだまだやり続けるんだよ。ここで!」

すげえ。声が小屋中に響きわたっている。気持ち良いぜ。もっともっと叫んでやる。

「俺、だってつくってきたもんな。俺の音、ちゃんといま鳴ってんだぜ。いまこの瞬間、鳴ってんだ。それをいまさら変えられるかよ。だって俺、生きてっから。俺の真ん中はここ。このステージ。俺は死ぬまでロックだよ! ここが俺の真ん中だ!」

「イエーイ！」

やつらが叫び返した。

やつら、だけじゃない。もうひとり、女の声。

入り口に立っている。細身のフレアコート。ベージュのシャツに、脚の長さを引き立てるブラックジーンズ。でっかいリュックを肩にかけ、キャリーバッグを引いている。顔をぐしゃぐしゃに歪ませて泣いている、超イカした俺の女。

「イエーイ、錠！　ロックンロール！」

柚寿が叫んだ。

「なにやってんだよ、柚寿、おまえもこっち来いよ。んな荷物なんか置いて、早く俺んところに来い！」

柚寿が駆けてきた。コートがひるがえり、長い髪がなびく。

手を握った。ステージに引っ張りあげ、強く強く抱きしめた。

メンバーたちも次々とステージに上がって、俺の肩や背中をはたいてくる。

「んだよ畜生」

「おまえ、サビまで溜めすぎ」

ああ、これ。こいつらの汗臭い匂いと、ライブハウスの埃っぽい匂いと、柚寿の花のような匂いと。すげえ好き。すげえ好きなもんに囲まれて、俺、すっげえ幸せすぎる。

「なんだよ錠、勝手にハッピーエンドをつくっちゃって」

柚寿がぐすぐすと泣きながら、涙で濡れた瞳で俺を見た。ぐしょぐしょの頰を手のひらでつかんだ。俺もかなり涙腺がやばい。でもいま、人生でいちばん笑っている。

「柚寿ぅ、この世にエンドなんてものはないんだぜぇ。俺たちはまだまだ生きて、生きてる音を響かせてやるんだからよ」

ステージがぱっとライトに照らされた。ノブだ。ドラムがドスドスと派手な振動を寄こして鳴りだした。いつの間にセッティングしていたんだよ。ベースがブリブリと弦を鳴らし、ギターがキュイーンと歌った。

「おっしゃあ、おまえらいくぜ！」

俺はマイクを握りしめる。歌う。いま俺が立っている、この俺の真ん中で。

＊

「っていうことになったんだって」

柚寿から届いたラインの内容を伝え、テンコは背後の楠田に腕を回した。

楠田も椅子の上から、テンコの頭を抱きかかえる。

「また来月にはライブがあるのか。楽しみだな」

顔を寄せ合った。頬ずりし合ううちに、唇が触れる。

キッチンからは楠田のつくったホワイトシチューの香りが漂っている。テンコの担当は、これからつくるサラダとバジルトーストだ。

「明日はお休みでしょ。ワイン開けようか」

「いいね」

と言いつつ、キスが終わらない。シチューもトーストもいいけれど、互いの舌をいまは味わいたい。

「テンコは仕事、終わったの？」

「うん」

キスをしながら、テンコは満面の笑みを浮かべる。

「すっごーくエロいの書けたよ」

笑い合って、またキスを続けるふたりを、デスクの上、最近は濡れ場のない茶グマと白クマが仲睦まじく寄り添い、他人のハッピーエンドなんてどうでもいいよね、という顔で眺めていた。

この作品は書き下ろしです。原稿枚数３１４枚（４００字詰め）。

原案　うかみ綾乃・高原秀和

Special thanks to...
稲田錠、G.D.FLICKERS、大泉りか、深志美由紀

幻冬舎アウトロー文庫

●好評既刊
指づかい
うかみ綾乃

苛烈な快楽を刻み込む、カメオ職人・瀬能岳生のいやらしい指づかい。その繊細な動きに身悶える女たち。出会いと別れを繰り返す男女の、切なくて狂おしい情交を描く、傑作長篇官能小説。

●好評既刊
姉の愉悦
うかみ綾乃

赤い糸で互いの首を繋いで横たわる姉と弟。「気持ちいいよ、漣。もっと感じてもいい？　姉さん、我慢できないの。ここが苦しくて……」。人気女流官能作家が描く、切なくも狂おしい官能絵巻。

●好評既刊
甘く薫る桜色のふくらみ
うかみ綾乃

女優の麻矢は、元アイドルを誘って新作映画を企画する。淫らに熱を溜めた下腹部を擦りつけスタッフを誘い、スキャンダルを揉み消す麻矢。「感じるわ。もっと上から下まで……お願い、監督」

●好評既刊
奴隷島
草凪　優

令嬢・櫻子と執事の間宮が二人だけで暮らす孤島の洋館。その地下室に忍び込んだ嘉一が目にしたのは、裸で天井から吊るされている櫻子に乗馬鞭をふるう間宮の姿だった。匂い立つ官能小説。

●好評既刊
従順な喘ぎごえ
館　淳一

見ず知らずの年の離れた男に抱かれないと満足できない若い看護師。痴漢に触れられることに慣れ「電車で好きにして」とおねだりする図書館司書。「ふつうじゃイケない」女たちを、藤太が次々狂わせる。

GENTOSHA OUTLAW BUNKO

蜜味《みつあじ》の指《ゆび》

うかみ綾乃《あやの》

令和元年8月10日　初版発行

発行人―――石原正康
編集人―――高部真人
発行所―――株式会社幻冬舎
〒151-0051東京都渋谷区千駄ヶ谷4-9-7
電話　03(5411)6222(営業)
　　　03(5411)6211(編集)
　　振替00120-8-767643
印刷・製本―図書印刷株式会社
装丁者―――高橋雅之

幻冬舎アウトロー文庫

ISBN978-4-344-42896-6　C0193　O-116-4

幻冬舎ホームページアドレス　https://www.gentosha.co.jp/
この本に関するご意見・ご感想をメールでお寄せいただく場合は、
comment@gentosha.co.jpまで。